la petite vermillon

Carnets du Nil Blanc

DU MÊME AUTEUR

L'Arpenteur, Gallimard, 1970 ; « L'Étrangère », 1994.

Les Mouches de Tanger, Gallimard, 1974.

Le Vol du pélican, La Table Ronde, 1988 ; U.G.E. 10/18, 1993.

Dans les montagnes chinoises, La Table Ronde, 1989, « La Petite Vermillon », 2017.

Rendez-vous ultimes, La Table Ronde, 1991.

Carnets de Tanger, La Table Ronde, 1995.

Adieu, Alice, Quai Voltaire, 1999 ; La Table Ronde, « La Petite Vermillon », 2001.

Carnets d'Amérique du Sud (1972-1973), Quai Voltaire, 2005 ; La Table Ronde, « La Petite Vermillon », 2018.

John Hopkins

CARNETS DU NIL BLANC

Traduit de l'anglais (États-Unis)
par Jean Esch

La Table Ronde
26, rue de Condé, Paris, 6e

Titre original : *The White Nile Diaries*.

editionslatableronde.fr

Impala Farm
P.O. Box 92
Nanyuki
Colonie du Kenya
Afrique-Orientale britannique

4 janvier 1961

Destinataire :
Secrétariat des étudiants.
The Ivy Club[1]
Prospect Street
Université de Princeton
Princeton, N.J.
USA

Monsieur,

Le consulat des États-Unis a demandé à tous les résidents américains de se rassembler et de faire un geste envers ces étudiants qui viennent passer leurs vacances au Kenya où ils ne connaissent personne, et cherchent un point de chute pour visiter le pays, participer à un safari, partir en exploration, pratiquer l'escalade, etc., sans que toutes leurs économies y passent !

1. Plus ancien club de l'Université de Princeton. (*N.d.T.*)

Étant un ancien de Princeton et d'Ivy 40, et charité bien ordonnée commençant par soi-même, j'ai décidé de vous écrire pour vous dire que je serais enchanté que quelqu'un du *Vine*[1] fasse de cette propriété son quartier général, aussi longtemps qu'il le souhaite.

Il s'agit d'un ranch de 20 000 ha – bas Veld – situé sur l'équateur, tout à côté des neiges du mont Kenya, à 5 000 m d'altitude, délimité par le Northern Frontier District (NFD) et l'Abyssinie à l'est et au nord. Le gibier ne manque pas – éléphants, rhinocéros, lions, léopards, hippopotames, guépards, girafes, élands, oryx, antilopes en tout genre et un grand nombre d'oiseaux. Le mont Kenya offre des escalades intéressantes et les réserves animalières du NFD sont formidables.

Pour ce qui est des indigènes, nous avons la situation en main, exception faite des vols de bétail incessants, et ce district est aussi sûr que n'importe quel coin d'Afrique, *pour le moment*, mais loin d'être sans risque. Nous sommes tous bien barricadés et armés, prêts à surmonter la crise qui se profile. Sans vouloir effrayer qui que ce soit, ce n'est pas un pays que l'on parcourt à vélo ou en auto-stop.

Si cette proposition tentait l'un d'entre vous, qu'il entre en contact avec moi ; je serais ravi de l'aider dans la mesure de mes moyens. J'espère que le Club est toujours aussi florissant.

Avec mes sentiments les meilleurs,
Sam Small '40.

1. Autre nom du Ivy Club de Princeton. (*N.d.T.*)

P.-S. – On trouve à cette époque de l'année bon nombre d'emplois saisonniers dans les ranchs – pas nécessairement à dos de cheval ni trop tranquilles, si à tout hasard il y a des volontaires.

S.S.

Dimanche 11 juin 1961.

Lerici, Italie, 15 h.

En ce jour où a lieu la « debutante party [1] » de ma sœur Susie dans le New Jersey, une semaine après le quatre-vingt-deuxième anniversaire de Percy, je me retrouve en maillot de bain, assis sur un rocher au large d'un cap baptisé Gli Scafari, en Méditerranée. Je suis venu m'installer ici pour 24 heures, une journée et une nuit, avec l'équipement suivant :

sac de couchage	ceinture en cuir
matelas pneumatique	sous-vêtements
maillot de bain	20 cigarettes
ciré	2 boîtes d'allumettes
chaussettes	2 stylos à bille
serviette	ce carnet
pull	couteau suisse
blue jean	inhalateur pour asthmatique
col roulé	montre
T-shirt	lampe torche
tennis	

1. Fête familiale organisée quand une jeune fille atteint dix-huit ans. Vieille tradition du sud des États-Unis. (*N.d.T.*)

J'ai pagayé sur le matelas pneumatique, avec les articles mentionnés ci-dessus enveloppés dans un sac plastique coincé sous mon menton. Il est 3 heures de l'après-midi. Je suis là depuis 45 minutes.

C'est une idée de Percy. Au cours d'une de nos séances de lecture, je lui ai confié que j'avais tenu le journal de nos aventures au Pérou ; j'en avais retiré un grand plaisir et commençais à envisager de devenir écrivain. Il m'a suggéré de mettre ma détermination à l'épreuve en me rendant sur cet îlot rocheux, en y restant seul pendant vingt-quatre heures, pour réfléchir, méditer, jeûner (je n'ai apporté ni vivres ni eau) et écrire tout ce qui me passait par la tête.

Entre cette grande pierre plate jaune et moi, il n'y a que le matelas pneumatique, mon lit pour la nuit. C'est très agréable de se chauffer au soleil, presque nu. La quiétude m'envahit, pendant que j'écoute la mer qui vient battre les rochers en contrebas. Peut-être resterai-je plus qu'une journée, si je réussis à supporter la faim, la soif et les éléments, surtout les insectes.

C'est Joe qui fera la lecture à ma place ce soir. Je le vois qui m'observe depuis les rochers au pied de la Villa Medici. Il ne m'adresse aucun signe, il ne crie pas, il me regarde fixement et s'interroge.

Joe sonde désespérément son cœur et son âme pour y trouver un sens. Il est inquiet, tandis que moi, à l'inverse, en dépit de mon histoire familiale chaotique, je dois lui paraître… totalement serein. Telle une taupe, il marche vers l'affrontement. Il s'en nourrit, alors que c'est la seule chose que je m'efforce d'éviter à tout prix. Ça le satisfait, moi ça m'agace. J'ai eu ma dose d'affrontements. Deux ans seulement nous séparent, mais il est mon professeur et je suis son premier élève. Ce rôle de spectateur, avec mon crayon et mon carnet, me convient très bien. Il observe et moi je note. Si je ne le fais pas, toutes ces expériences incroyables que nous avons partagées en à peine un an risquent de se perdre. Et puis, l'écriture m'apaise. M'empêche de perdre la tête. De solitude et de distance, voilà ce dont j'ai besoin. Ce qui remet un semblant d'ordre dans la vie tourbillonnante que nous menons. Il y a six mois, je descendais l'Amazone sur un radeau en balsa ; et maintenant nous nous apprêtons à remonter le Nil !

Il fait chaud à présent.

16 h.

À l'horizon, un trois-mâts gréé en carré vogue vers le golfe de La Spezia. C'est la première embarcation de ce type que je vois toutes voiles dehors. Il n'a guère avancé en une heure. Peu de vent.

Je suis allé nager, mon corps se sent bien au soleil. Avec mon couteau, j'ai arraché une poignée de moules (on dit « cozze » en italien) sur les rochers. Je les ai ouvertes en introduisant la lame au niveau de la charnière, j'ai raclé les petits mollusques encore vivants et les ai gobés entiers.

Les rochers sont pointus et coupants ; je me suis éraflé le genou en me hissant hors de l'eau. La houle est forte mais régulière ; la technique consiste à se laisser porter par la mer jusqu'à un endroit où on peut s'accrocher, puis grimper sur une des corniches pendant que l'eau se retire.

Ces moules ont presque le même goût que les clams crus qu'on vous sert au Oyster Bar de Grand Central Station à New York, là où a débuté notre aventure.

Joe est remonté à la villa. Bientôt, ce sera l'heure de l'apéritif, notre moment préféré auprès de Percy, puis le dîner sur la loggia. Mais je suis bien ici. Apaisé par le murmure vibrant et les assauts de la mer qui agrippe et aspire les rochers.

Fumé une cigarette. Délicieuse après la baignade salée.

17 h.

Le long de la côte, l'eau prend une couleur vert brunâtre à cause de la terre repoussée par les bulldozers après le glissement de terrain. Dommage, cela compromet nos chances de plonger en apnée ou avec un tuba dans une eau claire, activité à laquelle Joe et moi sommes devenus accros. Couleurs merveilleuses et tranquillité sous l'eau. Pas de brutalité, pas de conflits.

Nous cherchons ce que Percy appelle le «poisson Eton», un spécimen noir et bleu qui ne sort que la nuit. Pour l'instant, on ne l'a pas vu, même avec des lampes. L'autre jour, j'ai nagé jusqu'à Lerici, à plus de 1 km, pour débarquer sur la plage du village. Joe est venu me chercher avec la moto.

Ce qui nous a amenés ici :

En février dernier, Kevin Madden et moi étions assis au comptoir du Oyster Bar de Grand Central, en train de nous gaver de clams et de clovisses. À Princeton, nous étions camarades de classe, camarades de club et bons amis. Il était notre secrétaire au Ivy Club.

Je venais de passer six mois en Amérique du Sud avec Joe, tous deux habités par notre projet romanesque d'acheter une plantation de café dans la jungle péruvienne. Nous avions vécu un grand nombre d'aventures, mais finalement, notre rêve s'était évaporé. Il y avait déjà trop de café dans le monde. Le Brésil jetait la moitié de sa production à la mer pour soutenir les cours. Les planteurs que nous avions rencontrés étaient des personnages pittoresques, mais endettés jusqu'au cou.

Dans un bar d'Iquitos, pendant que nous faisions cirer nos chaussures, nous sommes parvenus à la conclusion qu'à vingt-quatre et vingt-cinq ans nous n'étions pas prêts à passer le prochain quart de siècle dans la jungle.

Mais nous ne nous réjouissions pas pour autant de rentrer aux États-Unis, la queue entre les jambes, et d'affronter la pression familiale qui voulait qu'on se fixe, qu'on trouve un travail (et qu'on se marie). Après avoir descendu l'Amazone sur notre radeau en balsa, la flamme des voyages brûlait encore dans nos veines. Dans ce bar d'Iquitos, nous avons établi un plan afin de poursuivre nos aventures en Europe. La première chose que nous avons faite en rentrant à New York fut d'acheter des billets sur le *Saturnia*, un vieux navire italien qui effectuait une ultime traversée avant de regagner son lieu de naissance : Naples.

Kevin savait tout cela.

Il m'a tendu la lettre de Sam Small. Je l'ai lue.

« Une invitation comme ça, on n'en reçoit qu'une seule dans sa vie, Hoppy. Peut-être que toi et Joe vous devriez prendre cet homme au mot, vu que, de toute façon, vous vous dirigez par là. »

Plus tard, j'ai montré la lettre à Joe. Il m'a dit :

« Écris à ce type. Annonce-lui qu'on arrive ! »

Ce que personne ne savait, c'était que mon amour pour une femme que je laissais derrière moi en partant au Pérou avait presque gâché mon séjour là-bas.

On ne tourne pas le dos à l'amour. L'amour vous colle au corps, plus encore que votre propre peau.

Alors que je jouissais de la liberté de mon aventure péruvienne, mon amour pour Lucinda m'emprisonnait dans un silence douloureux. J'étais incapable de l'exprimer, même à mon meilleur ami.

Je vivais dans deux mondes. Une partie de moi-même traversait le désert, les montagnes, la jungle et descendait les rivières péruviennes, mais mon cœur était toujours là-bas, dans le New Jersey.

À Lima, Joe et moi avions loué une chambre sur le toit de la Pensión Americana, dans Carabaya, pas très loin de la place San Martín. Des vautours noirs nichaient devant la porte. Chaque soir, après une journée entière passée au ministère de l'Agriculture à tout apprendre sur le café, je montais l'escalier en courant pour voir si j'avais reçu une lettre.

Mais Joe se rendait compte que je vivais en plein délire. Il me voyait gravir les marches trois par trois et chasser les vautours. Il devait craindre que ma passion pour Lucy ne fasse avorter l'ensemble de notre projet européen. Sans doute attendait-il stoïquement que tout cela se calme.

À Yurimaguas (dans la région du Loreto), aussitôt prise notre décision de rentrer, je suis allé au bureau de poste et je lui ai envoyé un télégramme. Puis Joe et moi avons embarqué à bord d'un vapeur pour descendre le Marañón jusqu'à Iquitos, où nous sommes arrivés une semaine plus tard. Là, un orfèvre m'a fabriqué un pendentif à partir d'une pierre verte comme du jade, veinée d'un filet d'or, que j'avais ramassée au bord de la rivière Huallaga. La chaîne, il l'a confectionnée avec un petit morceau d'or inca que j'avais trouvé sur un site archéologique.

Lucy était ravie que je rentre. Elle interrompait ses cours à l'université pendant quelques jours afin que l'on puisse être ensemble. J'ai couru au bureau de la compagnie aérienne, j'ai pris un billet et envoyé un autre télégramme. Elle m'a répondu qu'elle m'attendrait à l'aéroport de New York. Elle projetait d'organiser une fête pour célébrer mon retour, chez ses parents dans le New Jersey.

Lucinda Eliott avait dix-huit ans quand je suis tombé amoureux d'elle. J'en avais presque vingt-deux et venais d'obtenir mon diplôme de Princeton, ou étais sur le point de l'obtenir. Je la connaissais et entendais parler d'elle depuis toujours ou presque car nous avions grandi dans la même petite communauté du New Jersey. Nos parents étaient amis et nous étions allés tous les deux à l'école de Far Hills Country. À cette époque, je ne faisais pas très attention à elle. À treize ou quatorze ans, un écart de quatre ans, c'est énorme. Et quand je suis parti à Hotchkiss, Lucinda était encore une enfant. Elle était aussi l'élève la plus brillante de sa classe.

Au cours des années suivantes, je l'ai revue sur la piste de danse lors des bals de Noël du Country Club, où les jeunes gens de différents âges se mêlaient. Quand j'avais dix-huit ou dix-neuf ans, elle en avait quatorze ou quinze et était déjà grande. (Adulte, elle mesurerait 1 m 80.) Impossible de ne pas remarquer ses grands yeux bleus, ses longs cheveux blonds, mais surtout sa superbe silhouette. Elle attirait l'attention, immanquablement. Quelqu'un l'avait comparée à « une pêche mûre, prête à être cueillie ». Les garçons de dernière année d'internat ou de première année d'université « emmenaient » parfois dans ces soirées les plus jolies de ces filles. Nous les flattions, ou croyions les flatter, en dansant avec elles, en les invitant à nos tables et en les faisant boire pour les soûler. Mais généralement, à la fin de la soirée, nous nous lassions de ces « expériences » et nous allions dans une autre soirée avec des filles de notre âge.

Si je veux me souvenir avec exactitude à quel moment je suis tombé amoureux ou à quel moment j'ai succombé à son charme, je dois revenir en arrière à partir de la remise de mon diplôme de Princeton car Lucinda a assisté à cette cérémonie et passé la nuit précédente avec moi dans ma chambre, mais, je suis au regret de le préciser, pas dans mon lit. Ses parents avaient donné leur accord. Je ne sais pas pourquoi. Personnellement, je trouvais cela très *risqué**[1]. Elle semblait jouir d'une grande liberté. Ses parents

1. Les mots en italiques suivis d'un astérisque sont en français dans le texte.

devaient avoir confiance en elle. Et, peut-être parce qu'ils étaient amis avec mes parents, ils avaient confiance en moi aussi. S'ils avaient su à quel point les forces de l'amour et du désir se déchaînaient dans mon cœur, ils auraient imposé à Lucinda une ceinture de chasteté et un chaperon. Peut-être encore avaient-ils deviné que j'étais amoureux d'elle ; en ce temps-là, l'amour protégeait une jeune fille.

Nous avions dû nous croiser à un bal pendant les vacances de Pâques car je me souviens de l'avoir invitée un week-end à Princeton, au printemps. Elle était alors en terminale à Milton Abbey et n'avait pas le droit de sortir. Notre premier rendez-vous a sans doute eu lieu en juin quand elle est rentrée dans sa famille pour les vacances. Avec ma voiture, je me suis rendu chez elle dans Holland Road, où ses parents m'ont accueilli comme un fils perdu de vue depuis longtemps.

Elle a descendu l'escalier, parfaite incarnation de la jeune fille américaine, déjà bronzée, vêtue d'une robe d'été, chaussée de sandales, un pull jeté négligemment sur les épaules. Ses ongles de mains et de pieds étaient peints d'un rose éclatant. Ses yeux étincelants, ses cheveux blonds en liberté et sa magnifique silhouette, que je devais m'interdire de dévorer des yeux, m'ont quasiment coupé le souffle. Avec un visage et un corps pareils, on l'imaginait sur une planche de surf, mais non, après être sortie première de sa promotion à Milton, elle allait partir étudier à Radcliffe.

À l'instar de ses parents, elle semblait rayonner de joie en me voyant. Leur enthousiasme était déconcertant.

En ce temps-là, j'avais encore ma vieille Ford décapotable bleu-vert de 1950. D'humeur bavarde, amicale et chaleureuse, Lucinda s'est assise à la place du passager, non pas à l'extrémité du siège, contre la portière, mais près de moi, assez pour qu'on se frôle, sans pour autant se frôler. Nous étions, après tout, de vieux amis même si nous n'avions jamais passé un vrai moment ensemble. Le fait que nos deux familles se connaissent depuis des années, que nous ayons grandi dans les mêmes cercles et ayons fréquenté la même école nous conférait un sentiment d'intimité partagée. Nous avions un tas de choses à nous dire. Les moments de gêne des premiers rendez-vous, ce n'était pas pour nous.

Nous sommes allés à Lambertville pour assister à un concert de Louis Armstrong. En chemin, elle m'a dit qu'elle venait de lire un livre sur la phrénologie (un mot que je ne connaissais pas) et a affirmé qu'elle pouvait deviner des choses sur moi à partir de la forme de mon crâne.

« Vas-y », ai-je répondu pour la mettre au défi, en me demandant ce qui allait suivre.

Ce qu'elle m'a dit sur ma personnalité m'est totalement sorti de l'esprit. Agenouillée sur le siège à côté de moi, elle me palpait et me pressait délicatement la tête, de manière à la fois sensuelle et sexy, mais, étant donné qu'il était question de science, et non de sexe, cela me paraissait tout à fait ingénu. Se toucher de cette manière était permis. Elle aurait pu en faire autant devant ses parents, comme une sorte de jeu de société. Nous n'étions pas en train de nous bécoter, de nous peloter ou de baiser (grands dieux, non !) lors de notre premier rendez-vous. Nous nous touchions, nous riions et apprenions à nous connaître en roulant dans la campagne verdoyante du New Jersey. Elle ne me caressait pas le genou, elle me palpait le crâne, une partie de l'anatomie singulièrement peu érotique. Pourtant, je trouvais cela sensationnel car c'était d'une ingéniosité inattendue, une façon d'enfreindre les règles sans rien faire de mal.

Je revois encore Louis Armstrong, au centre de la scène, sous le chapiteau de Lambertville, soufflant vers le ciel dans sa trompette en or. Je ne prêtais pourtant guère attention au musicien ni à ma musique préférée. J'avais conscience uniquement de la créature éblouissante qui se tenait près de moi et de la sensation d'émerveillement, de stupéfaction, qui enflait dans mon cœur.

Quelques jours après l'obtention de mon diplôme, la vie s'en est mêlée, sous la forme des projets que nous avions faits l'un et l'autre avant que nous… avant que je tombe amoureux. Je m'étais inscrit à l'Université de Madrid pour suivre des cours d'espagnol durant l'été, puis je partirais pour le Pérou. Lucy devait se rendre en Europe, elle aussi, en tournée avec une chorale de Milton. Nous nous sommes promis de nous retrouver à Londres à la fin de l'été. J'ai oublié de quelle façon nous nous sommes dit au revoir.

J'ai pris l'avion pour Londres, acheté une moto Triumph et roulé jusqu'à Madrid. Les deux mois qui ont suivi n'ont laissé aucune trace dans mon esprit. J'attendais la fin de notre séparation forcée.

Mes cours terminés, j'ai traversé l'Espagne et la France à toute vitesse, en ignorant les cathédrales et les châteaux, et je suis arrivé à Londres vers minuit. J'ai pris une chambre dans un bed and breakfast derrière Victoria Station. Le lendemain matin, j'ai enfilé ce qui restait du costume que j'avais fait faire à Madrid (le pantalon gisait quelque part dans un fossé entre Burgos et San Sebastián) et me suis rendu au Half Moon Hotel près de Piccadilly.

Là, on m'a informé que Lucy était partie à Canterbury avec son groupe pour la journée. Après avoir failli mourir deux ou trois fois en traversant l'Europe à moto, la perspective de devoir patienter quelques heures de plus m'était insupportable. J'avais attendu ces retrouvailles tout l'été. Bien que nous ne soyons pas convenus d'un rendez-vous précis, j'en voulais à Lucy de ne pas être là pour m'accueillir.

En sortant de l'argent pour acheter *Time Magazine*, j'ai déchiré mon portefeuille en deux, tellement j'étais énervé. J'ai rôdé devant l'entrée de l'hôtel tel un chat hargneux. Lorsque le portier a commencé à me jeter des regards méfiants, je suis allé à Green Park.

Quand vous êtes amoureux et que vous attendez l'être aimé, tout le reste, les souffrances des autres en particulier, vous semble dénué d'intérêt. J'ai passé la journée à errer parmi les chaises longues et les bancs de Green Park, incapable de tenir en place, lisant avec indifférence les récits des tragédies qui se déroulaient à travers le monde, et dévisageant avec nervosité toutes les personnes qui déambulaient dans Piccadilly.

Soudain, telle une apparition provoquée par le seul pouvoir de ma concentration, elle était là, marchant entre les arbres.

La première chose que j'ai remarquée, c'était qu'elle portait une cape sur les épaules : une frivolité européenne. Nous nous sommes vus au même moment, mais c'est elle qui a couru vers moi alors que je restais cloué sur place. Et elle m'a sauté au cou, comme dans les films.

En dépit de cette entrée en matière enthousiaste, nous avons vite découvert que nos expériences estivales respectives nous avaient éloignés. Un mur invisible s'est dressé entre nous à la minute même où nous avons voulu raviver notre intimité.

Au cours du dîner, ses doigts dansaient comme des flammes pendant qu'elle me racontait ses aventures sur le vieux continent. Je l'écoutais en essayant de lutter contre l'idée que tout était fichu. Il y avait des garçons dans la chorale, une chose que je n'avais pas soupçonnée. La chorale de Milton avait rejoint celle de Deerfield. Lucy avait oublié ce détail ou omis délibérément de m'en parler. Ma position dominante était menacée. Une sensation glacée de résignation se répandait dans mes veines, tel un anesthésiant.

Je me souviens d'avoir pensé : « C'est terminé. Ce n'était qu'une amourette d'été. Dans un mois, elle sera à Radcliffe et moi dans la jungle péruvienne. Mieux vaut en finir maintenant. À quoi bon prolonger les souffrances ? »

En même temps, j'étais bien décidé à ne pas renoncer à notre amour et elle non plus, semble-t-il.

Il n'y avait aucun endroit pour que l'on puisse s'enlacer ou s'embrasser, ce que nous mourions d'envie de faire, l'un et l'autre. Je n'avais pas de voiture et nous étions en ville. C'est la moto qui nous a sauvés car, comme le sait tout adepte du deux-roues, faute de pouvoir se parler sur une moto, on peut s'étreindre. Plus exactement, la passagère peut vous étreindre et plus vous roulez vite, plus elle s'accrochera. Et il existe des façons de répondre, de lui faire comprendre que vous aimez beaucoup ce contact.

Nous avons passé la moitié de la nuit à rouler dans Londres. La moto est le meilleur moyen de découvrir une ville, et la nuit le meilleur moment.

Nous avions les deux: une douce nuit d'août et la Bonneville qui ronronnait entre nos cuisses.

Bientôt, nous partirions chacun de notre côté. Nous étions à Londres, c'était notre dernière soirée ensemble. Ça ressemblait à une histoire d'amour en temps de guerre. Lucy avait appuyé sa tête contre ma nuque et elle me tenait fermement par la taille pendant que nous nous faufilions au milieu de la foule des théâtres dans le quartier de Piccadilly. Nous observions sans parler, et après avoir fait le tour de Trafalgar Square nous avons remonté le Mall en direction de Buckingham Palace. Le silence nous a arrachés à la réalité vers laquelle nous avait précipités notre conversation à table: notre histoire était presque terminée.

Le lendemain, elle est partie à Édimbourg avec son groupe pour visiter les Highlands et revenir sur les traces de ses origines écossaises. J'ai vendu la moto, effectué des achats puis, résigné à l'idée que tout était fini entre Lucy et moi, j'ai pris l'avion pour New York.

Lucy est rentrée quelques jours plus tard. Un de mes camarades de classe se mariait, je l'ai invitée à la cérémonie. Elle a dévalé l'escalier avec cette même robe qu'elle portait pour notre premier rendez-vous et soudain – c'était comme un miracle car nous l'avons compris instantanément, l'un et l'autre – nous étions revenus au moment où nous nous étions quittés en juin. Peut-être notre amour ne pouvait-il s'épanouir qu'à bord d'une voiture, dans l'État du New Jersey? Elle est montée et m'a enlacé. Le cœur battant, j'ai pris la direction de l'église.

La cérémonie religieuse n'est qu'un vague souvenir; je comprenais et m'intéressais à peine à ce qui se passait. Une fois encore, je n'avais conscience que de l'excitation qui m'habitait et de la magnifique créature qui s'accrochait à mon bras. Pour moi, Lucy était de loin la plus belle fille du mariage.

L'atmosphère enivrante de la fête était contagieuse. Quand nous ne dansions pas, nous nous roulions dans l'herbe en bas du jardin, sous les arbres. Lucy avait honte des taches d'herbe sur sa robe, moi j'en étais fier comme si je l'avais déflorée. (Ce qui n'arriverait jamais.)

J'avais prévu de passer le week-end du Labor Day avec ma famille avant mon départ pour le Pérou. Au cours du mariage, j'ai invité Lucy à m'accompagner. Elle a demandé la permission à ses parents, qui la lui ont donnée, et nous sommes partis pour East Hampton.

Le souvenir de cette semaine reste comme un des plus heureux de ma vie. Lucy n'était pas du genre sportif, c'est-à-dire qu'elle n'appréciait pas les compétitions. Malgré tout, elle m'accompagnait au tennis et me suivait sur le parcours de golf, avec un livre. Elle s'était préparé une prodigieuse liste de lectures estivales avant d'aller à Radcliffe : des classiques de la littérature anglaise dont j'avais entendu parler, mais que je n'avais pas lus. Tout ce que je faisais, elle voulait le faire. Si je me levais de bonne heure pour aller à la plage en moto et me baigner avant le petit déjeuner, je devais promettre de l'emmener. Alors, j'entrais dans sa chambre sur la pointe des pieds et la réveillais en l'étreignant chaleureusement, puis nous foncions piquer une tête dans l'océan glacé.

Elle avait même réussi à séduire et neutraliser ma petite sœur jalouse. En proposant à Susie de nous accompagner dans tous les night-clubs et les soirées où nous allions. J'étais atterré à l'idée d'être espionné en permanence par ma sœur. Heureusement, Susie eut assez de bon sens pour refuser. Elle ne se sentait pas rejetée pour autant car tous les matins au petit déjeuner, Lucy prenait la peine de lui raconter où nous étions allés et qui nous avions vu la veille au soir. Quand Susie m'a pris à part pour me glisser « Tu crois vraiment que tu devrais aller au Pérou ? », j'ai compris que Lucy avait gagné.

Notre intimité sexuelle grandissait de jour en jour. Je lui avais déjà dit mille fois que je l'aimais, et le lui répétais chaque fois que j'ouvrais la bouche. Elle ne me disait jamais qu'elle m'aimait, mais j'étais sûr à 90 % que c'était le cas. Comment expliquer, sinon, ces étreintes passionnées, son envie de m'accompagner partout, et la façon dont elle buvait mes moindres paroles ? Toutefois, ce soupçon d'incertitude me maintenait dans un état permanent d'excitation émotionnelle et d'attente anxieuse.

Nous vivions pour l'instant présent. Nos chemins étaient sur le point de diverger. Nos destins résidaient dans des pays étrangers et non dans le New Jersey. Lucy allait entamer une brillante carrière universitaire à Radcliffe. Et moi, dans quelques jours, je partirais chercher fortune dans la jungle péruvienne. Nous parlions de l'avenir, mais ce n'était pas un avenir commun. Tacitement, nous avons décidé d'attendre et de voir.

Quand nous nous sommes parlé au téléphone pour la dernière fois, elle m'a demandé de trouver le livre qu'elle m'avait offert et de l'ouvrir à la dernière page. Après avoir raccroché, je me suis jeté sur le livre. Elle y avait écrit :

« Je t'aime, Johnny. Je garderai mon amour pour toi dans un coin secret de mon cœur jusqu'à ton retour. »

Difficile de décrire l'effet euphorisant qu'a eu sur moi cette inscription. Ma joie était presque impossible à contenir. C'était comme si on m'avait injecté une puissante drogue provoquant l'extase. À chaque instant je me précipitais vers le livre et relisais ces mots, pour raviver ma joie et décupler mon allégresse.

Quand l'avion venant de Lima a atteint Miami, on a informé les passagers que le blizzard s'était abattu sur New York. Après une attente considérable, l'avion a poursuivi sa route jusqu'à Washington.

Il neigeait abondamment dans la capitale. Je me suis rendu à la gare en taxi et j'ai pris le dernier train pour New York. Celui-ci progressait lentement vers le nord et après un arrêt de plusieurs heures à Philadelphie, deux ou trois wagons se sont aventurés dans la tempête. Je grelottais dans mon costume tropical et étais assailli par un sentiment de désorientation et de désespoir. Serrant dans mon poing un arc en bois de palmier et des harpons creux de 2 m de long que j'avais achetés à un marchand indien d'Iquitos, je comptais les petits feux qui avaient été allumés près des aiguillages pour les empêcher de geler. La fête de bienvenue devait battre son plein. Quand reverrais-je Lucy ? Elle repartait à Radcliffe le lendemain. L'espoir faiblissait comme ces flammes tremblotantes dans la nuit neigeuse.

Le train a réussi à atteindre Princeton Junction, où mes parents m'attendaient. Je voulais me rendre directement à la fête, mais il était tard, il neigeait abondamment et les routes étaient dangereuses. Nous avons eu de la chance de parvenir à regagner la maison.

Le lendemain matin, je l'ai appelée. Elle m'a raconté la fête, en disant que tout le monde avait regretté mon absence. Elle paraissait soucieuse. On était dimanche, elle redoutait le retour à l'université. J'aurais voulu l'y conduire en voiture, mais nous étions bloqués par la neige.

J'étais comme un homme qui a tenu une poignée de poussière d'or et l'a laissée filer entre ses doigts. Il n'en restait que quelques grains.

Le week-end suivant, j'ai fixé mes skis sur le toit de la voiture et roulé vers le nord. À Radcliffe, j'étais un étranger. Ce n'était pas mon université. Ayant étudié dans une fac entièrement masculine, j'étais gêné de demander mon chemin à des filles. En outre, mes expériences en Amérique du Sud m'avaient endurci. J'avais hâte de reprendre la route ; Joe et moi faisions déjà des plans pour aller en Afrique. Après le Pérou, le monde universitaire me paraissait trop prévisible, d'une fadeur presque écœurante.

Lucy était accaparée par ses études. Elle avait le teint pâle à force de passer des heures à la bibliothèque. Et puis, avoua-t-elle, il y avait d'autres hommes dans sa vie. Elle sortait avec un étudiant en licence à Harvard. Un de ses professeurs l'avait invitée à dîner. Il la présentait à ses collègues. Naturellement, elle se sentait flattée et les cercles intellectuels dans lesquels elle commençait à évoluer l'intriguaient.

Nous sommes allés à Wilmington dans le Vermont et nous avons pris des chambres séparées dans une auberge de campagne. Lucy ne skiait pas. Elle avait emporté plusieurs livres. Le temps s'est réchauffé. Le dégel a commencé et il s'est mis à pleuvoir. La neige fondue et sale ne faisait rien pour nous remonter le moral.

J'étais convaincu, désormais, qu'elle ne m'aimait plus, du moins pas avec le même abandon que l'été précédent. Je me sentais faible, comme si le sang avait déserté mes veines. Tout ce que je faisais avait le parfum du désespoir et de la gêne. J'ai glissé sur une plaque de verglas et me suis tordu la cheville. Sans son amour, j'étais estropié. Je marchais en titubant tel un amputé qui fait ses premiers pas avec des jambes de bois. Rien ne pouvait combler le vide que je ressentais.

Que restait-il entre nous ? J'essayais de décrire le bonheur intense qu'elle m'avait procuré, mais le désespoir me rendait muet. Les mots refusaient de sortir.

Rilke : « Amants, êtes-vous toujours les mêmes ? » Non, nous ne l'étions plus. Aurions-nous dû nous contenter de réciter *Erat Hora*, avant de nous séparer ? Avions-nous seulement droit, tel un couple de papillons, à quelques heures de soleil et rien d'autre ?

J'avais tout voulu savoir de Lucy, jusqu'à la moindre de ses facettes ; j'avais voulu qu'elle sache tout de moi, pour le meilleur et pour le pire, de fond en comble. Mais j'étais tellement inhibé que je ne parvenais pas à m'exprimer. Je ne voulais pas être son ami ; je voulais que nous soyons amants. Savoir si l'on se serait mariés un jour, ou pas, me semblait accessoire, mais l'amitié aurait été pour moi un pis-aller.

Il y a eu quelques brefs instants de tendresse, des paroles et des caresses échangées entre les barreaux qui avaient poussé entre nous, mais c'était le bonheur d'un condamné, dont l'amour n'avait plus que quelques heures à vivre. Le dimanche, de retour à Cambridge, nous nous sommes dit au revoir.

Je suis reparti vers le New Jersey, en proie au désespoir et à la confusion. L'Amour, remué par le Temps, l'Amour qui m'était apparu comme un mélange intense et puissant, s'était dissous, totalement. Pourtant, une petite flamme étincelante dansait encore au milieu des cendres agonisantes : j'étais libre d'entreprendre mon aventure africaine.

Le pendentif est resté dans ma poche.

Le 29 mars, nous avons embarqué à bord du *Saturnia* pour une traversée de quatorze jours (et quatorze nuits sans dormir). Je n'ai pas le souvenir d'avoir fermé l'œil une seule fois. Était-ce le lent changement de fuseaux horaires qui bousillait mon horloge biologique, ou le bruit de l'eau qui cognait contre la coque ? Nous partagions avec d'autres une cabine de troisième classe, sous la ligne de flottaison.

J'ai rejoint un groupe de somnambules qui traînaient, tels des zombis, sur les ponts et dans les cabines de luxe de minuit jusqu'à l'aube. Beaucoup étaient des enfants qui, de toute évidence, avaient profité du sommeil de leurs parents pour quitter la cabine en douce. Personne ne parlait, nous nous connaissions seulement de vue, à force de nous croiser au cours de nos errances insomniaques, nuit après nuit. Mes pérégrinations m'ont conduit inévitablement vers les hauteurs, de l'entrepont aux premières classes, où le seul homme de service était le barman, heureux d'avoir un client à 4 heures du matin. Je lui ai appris à confectionner un Jack Daniel's mist, avec un agitateur.

Le *Saturnia* a finalement jeté l'ancre à Naples, ville de la pizza et du linge aux fenêtres. Jamais dans toute ma vie je n'ai vu autant de linge en train de sécher. Les chats errants braillaient toute la nuit en se battant ou en forniquant sur les toits autour de notre *pensione*.

Nous avons pris le train jusqu'à Paestum au sud pour visiter les temples. Cette région de l'Italie avait fait partie jadis de la Grande Grèce ; Paestum était l'une des cités établies par des colons autour de l'an 800 avant J.-C. Elle fut finalement abandonnée à cause de la malaria et d'incessantes querelles intérieures. Nous sommes descendus du train au milieu de nulle part, devant une simple cabane portant le mot PAESTUM écrit sur un panneau. Il faisait chaud et le relief était plat. De tous les côtés : des champs d'artichauts qui nous arrivaient à la ceinture. Je n'avais jamais vu pousser des artichauts. Ceux-là étaient petits, à mi-chemin entre une balle de base-ball et une balle de golf, comme les aiment les Italiens.

Au loin, nous apercevions les temples, au-dessus des artichauts, flottant dans l'air surchauffé. Ils n'étaient pas d'un blanc d'ivoire, mais faits d'une sorte de pierre marron-gris, tous en très bon état. Nous avions l'endroit pour nous seuls.

Ce furent des instants magiques, étendus sur les pierres chaudes des temples parfaitement conservés, dédiés à Déméter et Poséidon. Des papillons voltigeaient et une myriade d'insectes pollinisait les pistils. On aurait dit que les inventeurs de la démocratie venaient juste de passer par là. À l'horizon, la mer scintillait et nous appelait. Des colibris s'élançaient de fleur en fleur. Personne ne venait troubler la paix et la tranquillité que nous partagions avec trois mille ans d'histoire. Nous avons repris le train pour Rome et nous sommes installés à la Pensione Margutta, dans la via du même nom, près des marches espagnoles, où Joe avait logé lors de son tour d'Europe à moto trois ans plus tôt.

En 1958, l'année où il était sorti diplômé de Princeton, Joe avait prévu d'effectuer un tour d'Europe avec J.T. Badham, son ami du Cottage Club à l'université. Alors qu'il se trouvait dans le Maryland, dans la Worthington Valley, pas très loin de l'endroit d'où est originaire Sam, il avait eu un accident de moto et s'était cassé le bras. Malgré cela, il avait refusé d'annuler la virée. Cet été-là, il avait voyagé à travers toute l'Europe derrière J.T., avec le bras dans le plâtre.

Ses récits de motard étaient contagieux. Lors de ma dernière année à Princeton, je me suis rendu chez Ghost Motorcycles à Long Island et j'ai acheté pour 350 dollars une Triumph Bonneville 650 cc. Quand je suis rentré chez moi avec, ma mère a affirmé que ses cheveux «avaient blanchi du jour au lendemain».

Nous déjeunions à la Taverna Margutta, où j'ai découvert la cervelle de veau sautée au beurre. Je souffrais toujours de l'insomnie contractée à bord du *Saturnia*; ça m'a valu de terminer *Du côté de chez Swann.*

Proust est la bible de Joe. Il a lu son œuvre en entier quand il était à l'armée.

À Princeton, on l'appelait le «Rebelle», pas uniquement parce qu'il venait du Sud profond. Dans un garage en dehors du campus, il cachait une moto avec laquelle il se rendait à New York pour voir les pièces de Tennessee Williams. Vedette du département d'anglais, sa réputation d'intellectuel faisait de lui une star aussi sur tout le campus, du jamais vu pour un étudiant qui n'était pas un athlète de premier plan.

Au Pérou, il m'a dit: «Johnny, tu sors d'une des meilleures universités d'Amérique et tu es illettré.»

C'était la vérité. À Princeton, je m'étais concentré sur mes cours de sciences politiques et j'avais à peine entrouvert un roman. Joe m'a concocté un programme de lectures rigoureux qui commençait par *La Montagne magique* de Thomas Mann. Peut-être me comparait-il au héros, Hans Castorp, qui gravit la montagne en homme inculte et superficiel mais qui en redescendra autrement plus expérimenté. Venaient ensuite des classiques tels que *Les Frères Karamazov*, *Anna Karénine* et, son préféré, *Lord Jim* de Joseph Conrad. Joe m'avait poussé dans le grand bain, et à mon grand étonnement, après avoir tout englouti, j'en redemandais. J'étais passé à côté de ce plaisir pendant des années. Nous avons discuté de mes lectures au cours d'interminables promenades dans les bidonvilles de Lima, tard le soir dans les bouges autour de la Plaza de Armas, et sur la plage, sonnés et rafraîchis par nos plongeons dans les rouleaux du Pacifique, hauts comme des maisons. Outre l'exaltation et l'aventure liées à cette quête de la fortune en terre étrangère, le Pérou avait été pour moi, véritablement, un prodigieux apprentissage. Tout ça grâce à Joe.

Au bureau de l'American Express, non loin de la piazza di Spagna, j'ai reçu une lettre de Sam, bourrée de toute sorte de tuyaux pour se rendre au Kenya. Vol direct jusqu'à Nairobi. En cargo, via le canal de Suez. Le tour par le cap Horn. Mais nous avions déjà choisi notre mode de transport : la moto. Nous avons examiné les modèles italiens. Les Ducatti semblaient rapides, mais pas très fiables. Quoi qu'il en soit, nous voulions d'abord voir l'Italie.

Chaque jour nous épluchions les journaux de langue anglaise en quête de petits boulots.

J'ai déniché dans le *Rome Daily American* une annonce prometteuse :

RECHERCHE LECTEUR POUR ÉCRIVAIN ANGLAIS AVEUGLE. NOURRI ET LOGÉ. TÉL : 47146.

J'ai téléphoné. Une voix m'a répondu en anglais. Jocelyn Lubbock. Son vieil oncle avait besoin d'un compagnon et d'un lecteur. Je lui ai dit qu'il n'en aurait pas un, mais deux. L'un et l'autre diplômés de Princeton. Encore mieux, a-t-il dit.

Nous avons pris le train jusqu'à La Spezia. Jocelyn est venu nous chercher à la gare. Gentleman d'une quarantaine d'années, aux cheveux gris, neveu de Percy Lubbock, homme de lettres distingué. (Joe n'avait jamais entendu parler de lui.) Nous avons senti qu'il cherchait désespérément un lecteur pour son vieil oncle très exigeant qui avait déjà renvoyé en Angleterre une ribambelle de candidats, des lectrices principalement, presque dès le premier jour.

Nous n'avions aucune idée de ce qui nous attendait. Taudis ou château ?

Réponse numéro 2. La Villa Medici est une splendide demeure nichée au cœur d'une oliveraie et perchée sur un cap (Gli Scafari) qui domine le golfe de La Spezia. Elena a ouvert la porte sur des plafonds hauts et des sols de marbre. Jocelyn nous a conduits à l'étage pour rencontrer le grand homme. Celui-ci était enfoncé dans un fauteuil roulant sur la loggia surplombant la mer, que nous entendions et sentions, sans la voir. Notre arrivée l'a revigoré. Mario l'a redressé dans son fauteuil. Séduit par l'accent du Sud de Joe, Percy lui a demandé s'il accepterait de lui lire des pièces de Tennessee Williams. Avec plaisir, a répondu Joe, et il lui a raconté ses virées à New York sur sa moto.

Le déjeuner, précédé de cocktails, a été servi en plein air. Hors-d'œuvre : petits artichauts ! Suivis de pâtes aux fruits de mer et de fraises. Café serré. Et beaucoup de vin italien. Mario est notre barman. Il est aussi pêcheur. C'est lui qui avait attrapé ces poissons.

Percy : « Toutes les fraises italiennes rêvent d'être des fraises du Kent. »

Après le déjeuner, l'heure de la sieste. Mario a emmené Percy dans son fauteuil et Jocelyn nous a montré notre chambre : deux énormes lits à colonnes drapés de moustiquaires, sols de marbre, vue sur le golfe. Nous étions arrivés au paradis.

18 h.

Le trois-mâts n'est finalement pas entré dans le golfe. Il a disparu derrière le cap, de l'autre côté de la baie, en voguant vers le nord, le long de la côte, sans doute pour se rendre à Gênes.

Mon désir de venir passer quelques heures dans une solitude complète sur ce rocher est aussi lié à un livre que je viens de lire : *Siddharta*, de Hermann Hesse. Un roman de jeune homme, remarquable à plus d'un titre, il va falloir que je le relise. J'ai été frappé par le contrôle extraordinaire que les Samanas exercent sur leurs corps. L'âme prend le dessus sur le corps et les sens. Ils ont le monde sensuel en horreur. Un tel contrôle de l'esprit est inconnu dans le monde occidental.

La leçon de *Siddharta* est que la sagesse ne peut provenir de quelqu'un d'autre que de soi-même : elle doit jaillir de l'expérience personnelle. De mon séjour sur ce rocher, par exemple. Je crois que j'en avais conscience avant de lire ce livre. Cela ne m'a pas paru une révélation : peut-être à cause de mon désir farouche d'autonomie ; de ma hantise de la dépendance. Joe et moi avons énormément à apprendre l'un de l'autre. Nous avons déjà beaucoup appris ; surtout moi de lui. L'expérience partagée est inestimable car nous nous complétons. En plus, il n'est pas évident de trouver un bon compagnon de voyage, or ça, nous l'avons déjà mutuellement trouvé. Sans lui, jamais je n'aurais entrepris ce périple.

18 h 30.

Le soleil se couche plus vite maintenant qu'approche l'heure du dîner. Ni faim ni soif pour l'instant. Rien qu'une sorte d'ennui.

Des insectes ont envahi le rocher, peut-être attirés par les coquilles de moules brisées que je balaie vers la mer. Ceux qui ont des ailes piquent ; créés pour éprouver notre patience, dirait Percy.

Les Allemands installés au camping dînent. C'est là que réside la délicieuse Sonia, avec sa mère, sous une tente.

Nous regardions l'océan et le ciel réunis,
Sous le toit du climat bleu d'Italie.

Shelley.

Ah, le soleil vient de réapparaître de derrière un nuage, avant de s'éclipser pour la nuit. La baie – y compris le camping allemand, mais surtout Tellaro – est splendide maintenant.

J'ai eu plaisir à lire la poésie de Joe hier soir, même si je ne l'ai pas comprise. Le chaos qui empiète sur la délicatesse. La délicatesse l'a-t-elle jamais emporté sur le chaos ? Seulement quand elle est renforcée par la détermination. Chez Joe, la délicatesse et le chaos sont peut-être devenus alliés.

J'espère que la fête de Susie sera une grande réussite. J'espère que ma sœur si triste trouvera un homme pour l'enlever. Le divorce a changé nos vies à jamais, et c'est elle, la plus jeune, la seule à vivre encore à la maison, qui a le plus souffert du tremblement de terre ; tout ce qu'elle croyait solide s'est écroulé sous ses pieds.

19 h.

Les derniers baigneurs quittent les rochers de l'autre côté de la crique. Il ne reste plus que moi. Le coucher de soleil est décevant – étouffé par les nuages. Je me fais dévorer par les insectes. Quelques gouttes de pluie sur mon bras, c'est peut-être une mauvaise nuit qui s'annonce. Un bon orage, je m'en accommoderais, mais pas de ces insectes ni d'un crachin : médiocres nuisances.

La pluie, les piqûres et ce ciré orange me rappellent ma première nuit sur la rivière Huallaga au Pérou. Quelle triste nuit de décembre, seul sur un radeau de balsa à l'arrêt, pendant que Juan et Ossorio visitaient un village indien dans la jungle. J'étais resté là, avec mon revolver calibre .38, pour veiller sur la cargaison (de bière). Cette descente de la rivière me revient très clairement. Sept jours sur la Huallaga, de Tingo Maria à Bella Vista.

Nous voilà à présent sur la côte italienne, léchée par une mer magique aux cent nuances de bleu. J'ai nettement amélioré mon standing en passant d'une berge boueuse à une villa de marbre. Et nous nous apprêtons à traverser l'Afrique ! Bon sang, on avance vite ! Pas trop j'espère, il ne faudrait pas se laisser emporter. Ce voyage semble déjà gravé dans la pierre. Comme un destin auquel on ne peut échapper.

L'avantage du divorce : mon père et ma mère continuent de nous aimer passionnément et sont accablés par la culpabilité de nous avoir causé un tel chagrin.

« Alors comme ça, Joe et toi, vous voulez aller en Amérique du Sud acheter une plantation de café dans la jungle péruvienne (pendant que tous tes amis trouvent des postes dans des banques, le commerce, suivent des études de droit ou se marient) ? Quelle excellente idée ! »

« Et maintenant, vous voulez traverser l'Afrique à moto ? Bien sûr ! Aucun problème ! »

Ils culpabilisaient trop pour dire non. Ils avaient peur que je fugue. Maintenant, ils ont peur que je ne revienne pas.

Le crachin toujours. Je dois abriter ce carnet avec ma chemise.

20 h.

Le soleil a réussi à échapper à la chape de nuages et inondé le monde d'une éblouissante lumière jaune orangé, avant d'aller se réfugier derrière une montagne. À l'ouest, le ciel tout entier baigne dans l'éclat doré de son retrait. Pas étonnant que les Incas lui aient voué un tel culte, pas étonnant qu'Orphée ait voulu lui offrir son chant pour le faire se lever… Cela me rappelle les couchers de soleil de Camus au-dessus de l'Amazone, et tous ceux auxquels j'ai assisté là-bas.

Ici, je me sens seul et isolé. Presque autant que sur la Huallaga, que je considère, rétrospectivement, comme un tournant dans ma vie. Cette rivière a fait de moi un explorateur, ce rocher fera de moi un écrivain, peut-être. Joe et Percy sont sur la loggia. Joe a mis en marche le Victrola et il me crie qu'Elena a préparé des *calamari* et des *spaghetti alle vongole* – en direct de la barque de pêche de Mario –, mes plats préférés. Joe me provoque pour m'inciter à revenir ; il ajoute que d'après Percy, aucun moustique n'a jamais écrit un roman.

20 h 45.

La nuit est tombée (j'écris à la lumière de la lampe électrique). Le phare a commencé ses rondes scintillantes. Trois éclats en cinq secondes, puis l'obscurité pendant huit secondes. Environ quatre tours par minute. À mesure que la mer se calme, les bruits sourds et réguliers s'atténuent, il ne reste que le flot monotone.

Les bateaux de pêche sortent pour la nuit. *Putt-putt-putt*, tandis que leurs projecteurs sondent les fonds. J'en suis à quatre cigarettes. Nombreux nuages. Ça sent la pluie. J'ai enfilé tous mes vêtements et suis prêt à affronter la nuit. Beurk ! Ce que je prenais pour des petites croûtes sur mon doigt, là où je me suis coupé hier, se révèle, à la lumière de la lampe, être une colonie de minuscules insectes qui mâchonnent ma plaie et avalent mon sang à pleines gorgées.

Il fait froid et humide maintenant. J'espère que je suis assez couvert.

Les lumières se sont allumées. À Porto Venere, de l'autre côté de la baie, à Tellaro, dans la maison, et au camping des Allemands, où Sonia va se coucher à côté de sa mère protectrice.

L'armée des insectes a envoyé ses bombardiers lourds. Ils sont lents et je peux les attraper en plein vol. Ils se laissent prendre dans le faisceau de ma torche comme les avions allemands dans les projecteurs au cours de la Bataille d'Angleterre. Tout est calme. Apaisant. Je ne suis pas fatigué et ne m'attends pas à beaucoup dormir, même pas du tout s'il pleut.

Bonne nuit, soleil. Tu es parti. Tu brilles dans d'autres pays, pour d'autres personnes. J'espère que tu brilleras pour ma sœur.

La nuit, les gens peuvent se cacher, dans un lit, dans les recoins sombres des bars. Impossible pour moi, là, d'échapper à quoi que ce soit alors que la nuit avance. Je me retire un peu plus profondément en moi-même, pour demeurer un noyau compact, intact, jusqu'à l'aube qui sera, je l'espère, « une explosion de rose ».

Je suis du regard les phares des voitures. Difficile de voir maintenant, sauf avec la lampe, qui attire davantage d'insectes. Je me demande ce que sont en train de faire les gens que j'ai laissés, et je me demande s'ils se demandent ce que je suis en train de faire. S'ils savaient.

Good night. Buenas noches. Buona notte.

Mes yeux me jouent des tours certainement. Mon poncho péruvien semble dégager une lumière verte.

Bonne nuit !

Lundi 12 juin.

Parfaitement réveillé à 4 h 15 du matin ; il fait déjà jour, mais des nuages noirs qui approchent annoncent la pluie. Quelqu'un vient de partir travailler sur sa moto. Sans doute le laitier.

Pas si mal dormi, aussi bien que possible dans un sac de couchage. J'ai les épaules endolories. La nuit a été claire : chaque fois que je me réveillais, je voyais des étoiles au-dessus de moi, une énorme masse parfois, comme si on en avait ensemencé les cieux, mais souvent, seules les plus brillantes traversaient une fine brume de nuages.

Les bateaux de pêche sortent – *putt-putt-putt* – pour une journée de travail.

Mon rêve de la nuit dernière : un chien qui ressemblait beaucoup au Prick des Cini.

Maria Cini est une aristocrate florentine que j'ai connue à New York. Elle a épousé John Train, un homme d'affaires, cofondateur avec Peter Matthiessen, George Plimpton et Tom Guinzburg de *The Paris Review.* Maria nous a reçus dans sa propriété familiale à la périphérie de Florence. Elle nous a conduits dans l'oliveraie où avait lieu la récolte. Elle voulait nous faire partager le repas des cueilleurs : une épaisse tranche de pain coupée dans une énorme miche, arrosée de l'huile d'olive de la propriété et couverte d'oignons rouges crus. Je n'ai jamais rien mangé de meilleur.

Pourquoi ont-ils donné ce nom à leur chien, cela restera toujours un mystère[1]. Toute la famille parle couramment l'anglais, ils connaissent forcément la signification de ce mot. Toujours est-il que dans mon rêve, c'était notre chien, et il était toujours entouré par cinq ou six clébards faméliques. Prick, un berger allemand, était le plus gros et le plus fort du groupe, et donc le chef. Mais les membres de sa suite le méprisaient secrètement et ils l'auraient déchiqueté si nous n'avions pas été là en permanence. Prick était assez costaud pour en affronter deux ou trois, mais la meute entière, c'était au-dessus de ses forces. Il était plutôt timide, comme le vrai Prick, mais pas sourd.

Un jour, quelqu'un de la famille (plus autoritaire que moi) déclara que nous ne pouvions plus laisser tous ces chiens traîner dans la maison ; ils étaient sales, bruyants et brutaux. Je protestai en disant que si nous mettions Prick dehors, avec les autres, il se ferait sûrement tuer, mais on m'ignora.

1. *Prick* : bite. (*N.d.T.*)

Tous les chiens sortirent, y compris Prick, qui se retourna vers nous avec ses immenses yeux marron et tristes. Il connaissait le sort qui l'attendait.

À peine la porte refermée, un vacarme féroce retentit ; il ne pouvait signifier qu'une chose : les clébards étaient en train d'égorger Prick. En effet.

J'étais horrifié, tandis que les autres semblaient totalement indifférents et vaquaient à leurs occupations comme si de rien n'était.

Pourquoi sommes-nous torturés par des rêves indéchiffrables et/ou dénués de sens, alors qu'il est déjà difficile de s'offrir une bonne nuit de sommeil, surtout quand vous dormez sur un rocher, éclaboussé par les vagues et convoité par une armée d'insectes qui ne cesse de vous piquer ?

Je n'ai ni faim ni soif pour l'instant. Simplement une sensation de vide dans l'estomac.

8 h 45.

Me suis rendormi de 5 heures à 8 heures. Les rabes du petit matin sont les meilleurs. J'avais mal partout en me réveillant, plus une migraine.

Je suis allé nager et j'ai fait quelques exercices d'assouplissement. Maintenant, ça va mieux.

Le ciel est couvert, terne et morne ; le bruit des bulldozers qui travaillent sur la route n'arrange rien. Joe m'observe avec des jumelles.

La plupart des réflexions que je note sont des observations objectives plutôt que l'expression d'un regard subjectif. Normal, je présume, pour une première tentative d'isolement volontaire. Au cours de notre périple africain, j'espère recommencer : une semaine, ou plus, dans le désert. Je suis un peu déçu de n'avoir connu ni la soif ni la faim. Je pourrais rester une journée supplémentaire, mais Joe ne voudra pas supporter seul le fardeau de la lecture. J'ai appris que lire à voix haute pendant un certain temps, surtout ce que je lis en ce moment à Percy, peut devenir une corvée, très fastidieuse.

Notre routine quotidienne est la suivante :

À 11 heures, Mario conduit Percy sur la loggia. Pendant environ une heure, je lui lis l'édition imprimée sur papier rose, poids plume, expédiée par avion, du *Times* de Londres, qui par miracle arrive de bonne heure. Ensuite, je mets à profit mon italien récent pour lui lire un des quotidiens locaux. Nous parlons de l'Amérique et de l'Angleterre, des personnalités littéraires qu'il connaît ou connaissait, qu'il admire ou n'admire pas. Il a connu E.M. Forster à l'époque où ils travaillaient tous les deux dans un hôpital militaire du Caire, en 1915, et Rupert Brooke. Il a été l'ami d'Edith Wharton. Curieusement, il n'a pas lu *Ethan Frome*, le seul roman d'elle que je connaisse. Percy est une mine de ragots littéraires sur une période de cinquante ans. Il nous a fait admirer la montre de gousset et la chaîne de Henry James.

J'ai parcouru ses étagères et découvert qu'il a écrit, entre autres, *The Craft of Fiction* et *Shades of Eton.*

En lisant le journal, je suis tombé sur un article indiquant que la maison d'Aldous Huxley en Californie avait été détruite par un incendie, en même temps que ses archives et des documents. Percy s'en est réjoui.

« Ça lui apprendra à être si bête. À écrire de telles foutaises. »

Le meilleur des mondes.

À la lecture, succède l'apéritif de midi : campari soda, gin tonic, etc. Joe apparaît après s'être baigné dans la mer, et Percy déclare qu'il sent l'eau salée sur tout le corps. Il ne se cache pas d'apprécier la compagnie des jeunes hommes. Puis un nouveau et délicieux plat de pâtes provenant de la cuisine d'Elena, apporté par Mario sur un chariot. Après le déjeuner, c'est l'inévitable sieste, pendant laquelle Joe et moi descendons jusqu'aux rochers. Nous avons acheté des tubas et des palmes, et explorons les fonds autour de Gli Scafari.

À 16 heures, Joe prend le relais (T. Williams). C'est la séance la plus longue. À 19 heures, cocktails, puis dîner, suivi parfois d'un scotch ou d'un cognac « pour digérer ». Et après le dîner, nouvelle séance de lecture. C'est mon tour. À 22 heures, Percy est prêt à aller se coucher. Mario réagit à la clochette et emmène notre hôte dans son fauteuil, il le prépare pour la nuit. Percy a un ventre énorme, mais aucun muscle dans les jambes faute d'exercice. Mario est fort. Souriant et fort : Elena et lui ont trouvé une bonne place.

Le lendemain, les horaires sont inversés. Joe commence, puis je le remplace, etc.

10 h.

J'ai appris quelque chose au sujet de cet empilement de rochers accidenté. Il y a une galerie sous-marine, à l'endroit même où je suis assis. J'entends l'eau monter et se retirer à chaque vague successive. Mais quand les vagues se heurtent au milieu, les vibrations provoquées par l'impact se ressentent à travers la pierre.

C'est étrange de voir Joe ou Elena me faire signe de la maison. On dirait qu'ils ont dérivé. À moins que ce soit moi. Celui qui revient d'une aventure solitaire n'est plus le même homme. Vous ne pouvez pas plonger votre pied deux fois dans la même rivière, etc. Bientôt, cette veille s'achèvera, et je regagnerai les confins rassurants de la Villa Medici.

Ces heures sur le rocher m'ont-elles appris quelque chose ? J'ai envie de continuer mon expérience de jeûne et de solitude, mais pas ici. Il y a trop de monde aux alentours. Ce sera en Afrique. Ici, les heures ont passé vite. À peine quelques bouffées d'ennui. Rien de tel que la solitude et l'inactivité pour vous inciter à noircir du papier.

Je me demande comment était la fête de Susie hier soir. Ils auraient tous aimé que son grand frère soit présent, pour lui donner le bras. Je m'en veux de ne pas avoir été là.

11 h.

Il est temps de partir. La mer est plus agitée. Je vais peut-être avoir du mal à quitter ce rocher sans mouiller mon carnet.

14 juin.

Restait à savoir *quelle* moto. En mai, nous avons pris quelques jours de congé et le train de La Spezia pour Munich. À bord d'un taxi qui nous faisait traverser la ville au petit matin dans le brouillard et la pollution, nous sommes passés devant un concessionnaire BMW où Joe a aperçu une moto toute blanche qui luisait comme une perle dans la brume. « C'est celle-ci qu'il nous faut ! » s'est-il écrié. Le taxi s'est arrêté dans un crissement de freins. Toutes les BMW sont noires ; c'était la première fois que nous en voyions une blanche. Nous sommes entrés et pour 850 dollars en traveller's cheques, j'ai acheté la magnifique R50 (500 cc), plus un pare-brise, un pneu de secours et un porte-bagages.

« On va traverser l'Afrique avec cette moto. Est-ce qu'on ne pourrait pas se faire sponsoriser ? »

Le vendeur : « Les gars, cette machine est allée partout dans le monde, sauf peut-être au sommet de l'Everest. »

Retour en Italie en passant par les montagnes. Par le col du Brenner. Sensation incroyable : nous négociions en douceur les virages, le moteur ronronnait. Très vite, nous étions en confiance totale : 65 km/h dans les virages en épingle à cheveux magnifiquement relevés, 120 dans les lignes droites. Le pare-brise dévie l'air vif, mais nous l'avalions avec ravissement. En bas, des vallées de carte postale ; au-dessus, des glaciers. L'Adige. Puis descente vers l'Italie, les vignes et l'huile d'olive. Adieu les *dirndls* amidonnés, bonjour les poitrines chaudes et brunes !

À Bologne, un artiste a peint en lettres noires l'inscription « Le Nil Blanc » sur les deux côtés de notre réservoir d'un blanc immaculé ; voilà l'itinéraire que nous avons choisi de suivre pour traverser l'Afrique.

S. Small
Impala Farm
P.O. Box 92
Nanyuki
Colonie du Kenya
Afrique-Orientale britannique

10 juin 1961

John L. Hopkins Jr, Esq.
c/o American Express
Rome, Italie

Presso Lubbock
Gli Scafari
Lerici

Recommandé

Cher John Hopkins,

Enchanté de recevoir votre lettre de Naples et d'apprendre que celle que j'ai adressée au Club est arrivée à destination car il y a une infernale quantité de vols ou de négligences délibérées dans les services postaux de nos jours.

Oui, mon offre tient toujours et je serai ravi de vous accueillir tous les deux, aussi longtemps que vous le souhaitez. Vous ferez de la ferme votre quartier général, vous pourrez aller et venir à votre guise. Nous sommes pour le moins «paumés» – mon voisin civilisé le plus proche, au nord, est Hailé Sélassié, et à l'est il y a l'océan Indien ; c'est un peu mieux dans les autres directions avec Nairobi à quatre heures au sud et les White Highlands au sud et à l'est.

J'ai neuf lits disponibles, mes propres volailles, du lait, des légumes, etc., et un tas de nègres ; ça ne me pose donc aucun problème d'accueillir des gens tant qu'ils sont capables de supporter le bas Veld et l'absence de voisins. À vrai dire, je me réjouirais d'avoir un peu de compagnie en ce moment car toutes les fermes des environs sont vides, à l'exception des cheptels. Le poste de police a été transféré dans le district de Nanyuki, et les vols de bétail ont considérablement augmenté. Je me fais faucher plus ou moins régulièrement un grand nombre de bêtes.

Vous avez conscience, je présume, de venir dans ce qu'on pourrait appeler une zone *agitée* (le Kenya), qui risque à tout moment de devenir *beaucoup plus* agitée ! Actuellement, nous sommes coincés en pleine crise législative et nul ne sait de quel côté va pencher la balance. (La crise a été endiguée : ce foutu gouverneur a cédé devant les nègres.)

Ce devrait être sacrément intéressant pour quelqu'un qui a écrit *deux* thèses sur l'Afrique, et en particulier une sur le mouvement Mau-Mau. Toutefois, ne vous avisez pas de mener des recherches seul de votre côté en chemin, car les Américains ne sont pas très bien vus ni des Africains ni des Britanniques en ce moment, surtout depuis la tournée de m… de « Soapy Williams [1] » et la quasi-intervention des *Combattants de la Liberté* ou de je ne sais quoi, de Kennedy. Autrement dit, limitez-vous aux moyens de transport européens

1. G. Mennen, « Soapy Williams », élu pusieurs fois gouverneur du Michigan. (*N.d.T.*)

ou gouvernementaux et *pas d'auto-stop*. Le Bureau de l'immigration a reçu carte blanche pour flanquer n'importe qui dehors avec un préavis d'une heure, sans se justifier, *et le pire, c'est qu'il le fait*. Le gouvernement est terrorisé par la perspective d'un quelconque «incident international», et trop de jeunes gars du genre reporter se précipitent dans les premiers quartiers indigènes venus pour essayer de connaître la vérité ou que sais-je, et peuvent s'estimer heureux quand ils repartent avec la tête fixée sur les épaules.

Je pense que le voyage sur le Nil serait *beaucoup plus* intéressant que la traversée torride de la mer Rouge, du Canal et de l'océan Indien. Il vous faudra un visa égyptien, un pour le Nord-Soudan et un autre pour le Sud-Soudan (mais peut-être qu'un seul suffira maintenant), et encore un pour l'Afrique-Orientale britannique (concernant ce dernier, les choses évoluent si vite que vous feriez *rudement* bien de vérifier qu'il ne faut pas des visas séparés pour l'Ouganda et le Tanganyika !). Et aussi pour le Kenya.

Des bateaux à vapeur remontent et descendent le Nil aussi régulièrement que des trains. Ils vous conduiront au lac Victoria et je pourrai venir vous chercher là-bas. Les cabines sont minuscules, la nourriture correcte, il y a un tas de nègres, on se croit vraiment dans un roman de Kipling, et vous verrez les grands temples égyptiens avant qu'ils soient recouverts par le nouveau barrage.

Assurez-vous que tous vos vaccins sont à jour. Y compris pour le choléra car Dieu seul sait ce qui va nous arriver du Congo et de l'Angola avec le délabrement des autorités médicales en plus de tout le reste. La moitié de la population étant affaiblie par la famine, le moindre microbe est à la fête. Si vous me tenez au courant, je pourrai peut-être vous faire profiter à KITALE d'un transport de troupes. Certains soldats des Coldstream Guards logent chez moi presque en permanence et je peux leur arracher quelques petites « faveurs » en matière de transport, etc.

Il y a de sacrément bonnes plantations de café ici, sauf que toutes les terres disponibles sont cultivées par les Européens (à l'exception des réserves indigènes) et affreusement chères. Vous pouvez certainement acheter des *shambas*, mais leur prix ne baisse presque jamais.

Pour ma part, je serai ravi de parler avec vous de l'élevage de bétail en Amérique du Sud car ici on est tous à l'affût d'un endroit où aller si on devait partir. On étudie dans ce district un projet pour essayer de transporter tout le saint-frusquin dans des wagons à bestiaux jusqu'en Abyssinie. (L'essence serait la première chose qui viendrait à manquer, inutile donc d'emprunter des automobiles.) D'emmener notre bétail et nos moutons, en essayant de repousser les attaques de pillards – Turkanas, Somaliens et Dankalis – avec des commandos à cheval. Ça aurait l'avantage, au moins, de sauver une *partie* de nos biens (le cheptel), que nous serions obligés d'abandonner si nous partions par bateau ou par avion.

D'autres personnes s'en vont en Australie et en Nouvelle-Zélande, à Bornéo et en Nouvelle-Guinée, en Afrique du Sud, dans les régions d'élevage d'Andalousie et dans le nord du Canada.

Désolé pour ce sermon, mais je suis ligoté sur mon lit d'hôpital avec une septicémie dans la jambe depuis deux semaines et demie, et on vient juste de m'autoriser à m'asseoir. Les autres pages ont été écrites plus ou moins en équilibre dans le vide, et leur déchiffrage relève sans doute de la prouesse archéologique, d'autant que mon raisonnement devait traverser un délicieux brouillard de morphine.

Je suis très sérieux quand je vous dis de ne pas vous écarter de la route principale des bateaux, des trains, des taxis ou des bus *européens*. Il existe une chape de censure officieuse, mais opaque, sur l'agitation et l'anarchie qui règnent ici et vous n'avez pas pu entendre parler d'un cinquième de ce qui ébranle le pays ; néanmoins, vous ne devriez pas avoir de problèmes avec les modes de locomotion susmentionnés, ni dans les hôtels européens.

Si vous rencontrez des ennuis, précipitez-vous dans la caserne la plus proche – chez les Coldstream G. de préférence car je connais tous les officiers –, ou n'importe quel autre régiment britannique, ou alors dans un poste de police, et en dernier recours dans une garnison des King's African Rifles (en *dernier* recours car ce sont des troupes de soldats noirs, avec des officiers blancs). Un hôtel, une banque, une grande plantation ou un ranch sont également des lieux sûrs.

Vous allez me prendre pour une vieille rombière, mais la situation est très risquée. Ce qui n'empêche pas qu'il y ait encore des tas de touristes, des réunions hippiques, des matchs de rugby, de polo, et des bals. Des fanfares « sonnent la retraite » sur le terrain de manœuvres de la Garnison. Le théâtre est en plein essor à Nairobi et ces braves vieux Britanniques défendent vaillamment « leurs couleurs », alors peut-être, je dis bien peut-être, que l'on peut s'en tirer.

En tout cas, ça fait plaisir de savoir que de jeunes Américains ont de l'énergie et de la volonté et l'envie de faire la bringue à travers le monde avant de s'installer. Je croyais que tout cela avait été submergé par « le costume en flanelle grise ».

Tenez-moi au courant de vos projets, de ce que vous aimeriez faire et voir ici, je pourrais effectuer quelques reconnaissances préliminaires. Je vais me rendre en Arabie car j'ai des camarades de l'armée à Aden, à Bahreïn, et un copain chez les Trucial Oman Scouts. Si un aller-retour tranquille avec la R.A.F. vous tente, dites-le-moi, on pourra peut-être goupiller quelque chose. Sans nous soucier des visas, je pense.

J'ai hâte d'avoir de vos nouvelles et de vous voir. Les pluies s'arrêtent en juin (dans le pire des cas) et le temps devient splendide partout. J'ai une Land Rover et je peux me rendre dans la plupart des endroits sans trop de difficultés. Un type de *Vine*, Fig (Francis I.G. Coleman), travaille dans notre ambassade, c'est un ami à moi et un grand ami de mon frère George. Saluez-le de ma part.

Bien à vous,
Sam Small

15 juin.

Villa Medici, Lerici.

Une des différences essentielles entre Joe et moi, c'est que Joe est un poète (il aspire à la perfection), alors que je suis un opportuniste pragmatique (aucun idéal). Bon sang, ça paraît stupide dit comme ça. Mais prenons un exemple : notre train-train quotidien ici à la Villa Medici – faire la lecture à Percy, s'occuper de son courrier, etc. – plonge Joe dans des crises de désespoir, alors que moi, je suis ravi de vivre dans cette magnifique villa, d'apprendre l'italien et de dévorer des livres sous la moustiquaire. Sans oublier le soleil et la mer.

Sonia et moi, nous jouons dans les vagues. Pour l'instant, elle ne m'a laissé voir son corps que sous l'eau.

Ça fait deux mois que nous sommes là. Percy reçoit un flot ininterrompu de visiteurs, tous Anglais, venus s'asseoir aux pieds de ce grand homme de lettres, pour l'écouter raconter ses rencontres et son amitié avec des poids lourds de la littérature tels que, comme je l'ai dit, E.M. Forster, H. James, Edith Wharton et Bernard Berenson. Lerici possède un passé littéraire anglais exotique : Keats et les Shelley. On dit que Byron a traversé la baie à la nage, des foutaises d'après Percy, même si l'on trouve sur l'autre rive une trace indiquant l'endroit où le poète infirme se serait hissé hors de l'eau. L'heure du thé : Joe et moi nous joignons aux réjouissances ou nous éclipsons, en fonction des visiteurs. Ils sont parfois très chaleureux (nous échangeons nos adresses), parfois pas du tout. Certains nous témoignent même une étonnante froideur, comme si nous n'étions pas à notre place. La vie est trop courte pour faire attention à ce genre d'idioties et nous partons nager avec les poissons.

Jocelyn est venu la semaine dernière prendre des nouvelles du *old boy*. Percy lui aurait dit que nous étions les meilleurs lecteurs qu'il ait jamais eus. Il n'a jamais été aussi heureux en toutes ses années de cécité et il sera triste de nous voir partir (dans dix jours).

16 juin.

Pour Joe, l'Afrique incarne la possibilité de retrouver l'identité poétique qu'il a connue au Pérou. Il sent que là-bas réside sa seule chance de créativité authentique, que ce soit la poésie ou autre chose. Désormais, la majeure partie de son énergie créative est enfermée dans son attachement apparemment inébranlable à votre serviteur. Il se raccroche à notre amitié tel un homme qui se noie : je ne suis pas certain de pouvoir me montrer à la hauteur de toutes ses attentes.

Sonia et moi avons un rendez-vous secret dans l'oliveraie après le dîner, pendant que Joe fera la lecture à Percy. J'ai roulé le sac de couchage sous un arbre.

17 juin.

Joe dit que rien ne donne un sens à sa vie en ce moment, à part notre amitié. Ce genre de déclaration me trouble. Il semble voir en nous deux cowboys qui chevauchent ensemble dans le désert, indéfiniment, vers un horizon qui s'éloigne sans cesse. Je n'ai pas la même vision des choses. À un moment donné, nous allons devoir nous arrêter, descendre de la moto et suivre les carrières que ce voyage aura désignées comme étant faites pour nous. Nous ne serons plus seuls, tous les deux; d'autres personnes auront voix au chapitre.

19 juin.

Sonia n'est pas venue à notre rendez-vous galant dans l'oliveraie. Je me suis rendu au camping allemand à moto. Leur tente n'était plus là. Ils avaient levé le camp pour retourner au lac de Constance. Maman ne voulait pas que sa fille fréquente un motard.

J'ai eu du plaisir aujourd'hui à voir que mon italien progressait. Le problème, c'est que j'en oublie mon espagnol.

Il est gratifiant d'étudier une langue étrangère dans un pays étranger, surtout celui-ci. Vous apprenez quelques nouveaux mots, vous sortez dans la rue et vous les utilisez aussitôt. Joe est un brillant professeur et je suis son premier élève. Journée fructueuse. Joe semblait plus détendu. En partie parce que Sonia est partie, je pense.

20 juin.

La bibliothèque de Percy est installée dans le « solarium », un salon situé au premier étage, orienté à l'ouest, où nous faisons la lecture. Sa collection de livres n'est pas immense, mais très anglaise, elle contient peu d'ouvrages européens ou américains.

Je lis les livres qu'il choisit ; nous discutons rarement. Ce n'est qu'une façon de tuer le temps jusqu'à ce que nous puissions remplir nos verres. À présent, je lui lis une biographie de Matthew Arnold par Lionel Trilling. Du sérieux. Vous éprouvez un sentiment de découragement quand vous tournez la page et découvrez un paragraphe compact, sans un seul alinéa qui vous permette de faire une pause pour boire un coup.

Percy m'a prêté *Guerre dans le Val d'Orcia*, un fascinant journal de guerre, écrit par sa belle-fille, Iris Origo, que j'ai lu seul dans mon coin.

Percy : « Une vilaine fille. Mais très courageuse. »

Joe a droit à des moments plus animés avec les pièces de T. Williams. Percy adore l'accent du Sud. Il n'a jamais mis les pieds en Amérique. Joe est peut-être le premier homme du Sud qu'il rencontre. L'accent de l'Alabama ajoute de l'authenticité à la pièce. Joe me dit qu'il passe la moitié du temps à décrire le Quartier latin de La Nouvelle-Orléans et la vie dans le Sud. Il s'avère que Percy se passionne pour la guerre de Sécession. Il a été fasciné d'apprendre qu'un des boulets de canon de l'amiral Farragut («Au diable les torpilles, en avant toute!») est logé dans un très vieux chêne, près de la maison familiale de Joe à Mobile Bay.

21 juin.

Ma conversation d'hier soir avec Joe m'a fait tourner la tête. Je suis décidé à diriger ma vie au lieu de me soumettre aux diktats des autres (la famille). Si j'ai un but ou un objectif désormais, c'est celui de mûrir mentalement. Mais je ne suis pas sûr d'y parvenir seul.

Pour être libre, ma vie doit inclure le plus d'expériences possibles, comme ce voyage à travers l'Afrique que nous préparons. J'ai fait la vidange, graissé les joints et poli les chromes.

La BMW est une moto impressionnante. Brillamment conçue. Discrète, élégante, et pourtant robuste, elle vous donne toute la puissance réclamée sans un murmure de protestation. Mais pour que cette maîtresse vous reste fidèle, vous devez demeurer attentif à ses besoins, et la bichonner; elle vous donnera alors en retour tout ce que vous désirez. Si vous savez y faire, elle sera votre compagne pour la vie.

22 juin.

Siddharta commence à prendre tout son sens. La perfection (sagesse) = la fusion de l'être + l'expérience. La sagesse = les bienfaits du grand âge (pour certains).

L'obsession de Joe pour la « pureté » implique de puissants sentiments sous-jacents de honte ou de culpabilité. Franchement, je n'éprouve ni l'une ni l'autre. Pour moi, la « pureté » n'est pas un problème. Je n'utilise pas ce mot en permanence. Contrairement à Joe, je n'ai aucun idéal. J'en ai déjà bavé (le divorce de mes parents), j'ai eu ma dose de châtiments, et je suis prêt à prendre la vie comme elle vient, du moment qu'elle est éloignée de ma famille déchirée par les conflits. Le divorce d'êtres chers fait de vous un survivant.

Joe se nourrit des affrontements, alors que je les évite. J'ai connu assez d'affrontements. J'y ai droit chaque fois que je rentre chez moi. Des gens à la sensibilité à fleur de peau errent dans un vide émotionnel. À l'étranger, je fais face aux problèmes ; à la maison, je suis un lâche. Ce que j'aurais dû dire, etc.

« J'ai choisi la facilité », pour reprendre une expression de mon père, moi, j'ai préféré foutre le camp, en d'autres termes, ce sont ces choix qui m'ont conduit à cette mine d'expériences personnelles, et cela largement grâce à Joe. Rien de tout ça n'aurait vu le jour sans l'impulsion de cette véritable centrale électrique intellectuelle et émotionnelle. Il me guide vers l'art, la littérature peut-être. Peut-être.

De mon point de vue, la vie que nous menons actuellement, sans parler de celle qui nous attend, me paraît sacrément chouette. À quoi rime cette recherche de la perfection? Pour moi, ça ressemble à un chemin rocailleux qui ne peut aboutir qu'à l'auto-flagellation. Joe est mon meilleur ami et mon professeur: ça s'arrête là. Le problème, c'est que sa ferveur est une force puissante. Il m'a placé sur un piédestal où je ne veux pas me trouver. Je suis le bénéficiaire de sa dévotion, mais le statut d'être aimé est, à certains égards, un fardeau indésirable.

24 juin.

Ma tragédie: mes parents ont divorcé. Ce qui n'est pas aussi banal qu'il y paraît. Le divorce est devenu une chose si fréquente, les gens y sont tellement habitués qu'ils ne remarquent pas les dégâts provoqués sous la ligne de flottaison.

Nous étions une famille heureuse, rescapée du naufrage du premier mariage de ma mère. Ma demi-sœur Niki et mon demi-frère Jay continuent à appeler mon père «papa» car il nous a élevés tous les quatre: un beau-fils, une belle-fille, ma sœur Susie et moi. Il a appris à Jay à pêcher, ce qui lui a sans doute sauvé la vie. On fait mieux comme soutien de famille, mais c'était un père dévoué. Le divorce a détruit sa vie. Ma mère l'a flanqué à la rue, loin des Noëls et des anniversaires, des disputes, des réconciliations et de l'amour, des vacances en famille et des sorties pour aller acheter des glaces à l'eau. C'était il y a huit ans. Les heureuses divorcées et veuves joyeuses ne manquent pas, pourtant il ne s'est toujours pas remarié. Ma grand-mère dit qu'il ne se remariera pas car il est encore amoureux de ma mère. Qu'a-t-elle fait pour mériter cette fidélité ? Je ne le saurai jamais. Ils sont restés en bons termes à cause de nous, les enfants. Ce qui se passe sous la surface demeurera toujours un mystère.

Il a été remplacé par mon beau-père, Gurdon W. Wattles, un magnat de Wall Street fabuleusement riche et généreux. L'année dernière, quand je suis sorti diplômé de Princeton, il m'a donné 5 000 dollars. Sur lesquels on vit maintenant.

Avant d'embarquer à bord du *Saturnia*, Joe et moi sommes allés à la banque où j'ai échangé le chèque contre des traveller's. Je lui en ai donné un paquet pour qu'il les signe : la moitié pour toi, la moitié pour moi. Sa famille dans l'Alabama ne lui avait pas accordé un sou. Au Pérou, tout était bon marché et nous espérions qu'il en serait de même en Afrique. J'ai payé le Nil Blanc, mais tout le reste nous l'avons partagé équitablement.

25 juin.

Villa Medici.

Je commence à en avoir assez de lire. Je suis prêt pour l'action, prêt à agir, je me languis de l'Afrique. Ce soir, Joe est sur le rocher.

Je veux vivre en sachant que c'est bien moi, ou sentir, au moins, que le bout de mon bec a enfin brisé la coquille de l'œuf.

L'Afrique : l'attente fervente du périple à travers une nature sauvage à la fois aride et tropicale. L'excitation des idées se mêle à l'aventure exotique ; un colossal envol de l'imagination, transmuée en réalité au coin de la rue.

26 juin.

Villa Medici.

Notre dîner d'adieu avec Percy. Nous sommes devenus très attachés les uns aux autres. Il comprend que cela nous démange de reprendre la route. Il a pleuré quand nous nous sommes étreints. À l'aube, nous étions partis.

John L. Hopkins Esq. À poster avant le 21 juin !
c/o Lubbock
Gli Scafari
Lerici
Italie

Cher John,

Un petit mot rapide hors des émanations de l'hôpital. Vous vous êtes concocté un voyage formidable, on dirait, et je vous envie ! Mais je crains de ne connaître personne qui n'ait été chassé des régions que vous allez traverser, pas même les putes !

Je pense que vous *devez* vous renseigner auprès des autorités locales pour savoir *où* et *quand* ont lieu les saisons des pluies. Quand il pleut dans le désert, il n'y a plus de désert, uniquement un lac. Tout ce que je pourrais vous rapporter, ce sont des « rumeurs », et comme tout le reste en Afrique, elles sont sujettes à controverse.

Je vais cuisiner des vieux employés soudanais pour avoir leur sentiment. Je sais *avec certitude* que les Sud-Soudanais ont été les plus loyaux envers les Britanniques, mais beaucoup ont été tués il y a quelques années, par le nord qui les a massacrés presque entièrement. Je me trouvais dans le nord de l'Angola à ce moment-là et j'ai vu arriver les survivants. Mais une fois dans le sud, si vous expliquez que vous venez voir un officier britannique, et si vous n'êtes pas lapidés à mort immédiatement, vous avez une chance de tomber sur un vieux et vénérable sergent-major, etc., qui viendra vous accueillir avec un enthousiasme pathétique. (J'ai été officier artilleur, si ça peut vous aider.) Et vous devrez absolument l'inviter à boire une tasse de thé, etc., avec *vous*, pour préserver son amour-propre.

Je n'ai pas le droit de vous demander ça, mais si vous pouviez vous montrer polis avec tous les «vieux soldats» que vous rencontrerez, respectueux, comme entre pairs, etc., je pense que vous feriez le plus grand bien à un triste monde. Ils sont si nombreux à attendre le retour du Raj britannique, et ma foi, ce sont des *gentlemen*.

Le genre «effendi», vous le découvrirez par vous-mêmes, mais le vieux gentleman avec une couverture, et pas grand-chose d'autre, qui marche d'un pas traînant et vous adresse un salut militaire, n'est pas juste un parasite; il a pu être un des types qui ont tenu bon au côté d'un jeune Churchill au cours de la bataille d'Omdurman, il y a bien longtemps.

Je crains d'être partial envers les Sud-Soudanais, et un jour je vous expliquerai pourquoi.

Quand vous *débarquerez*, je ne pourrai vous être d'aucune aide, mais j'ai donné votre nom aux Coldstream Guards qui «vont et viennent», et ils me connaissent tous. Le régiment suivant, ce sont les S.A.S. – Special Air Service – que je connais bien, du colonel «John Slim» aux soldats de seconde classe. Le père de John est maréchal, et ils sont «fin prêts, motivés et capables». Vous recevrez toujours un bon accueil là-bas.

The Royal Horse Artillery. J'y ai aussi quelques amis, mais pas beaucoup. Je miserais plutôt sur les Coldstream et peut-être les King's African Rifles, mais je n'opterais pas pour les derniers si j'avais le choix.

Quelques suggestions au hasard :

1. Comme vous le savez certainement, le Soudan subit une terrible épidémie de polio, et à votre place je me ferais faire immédiatement tous les vaccins.
2. Il y a également une forte épidémie de méningite cérébrospinale – 500 morts par semaine, si ce chiffre veut dire quelque chose. (On est au Soudan.)
3. Emportez un médicament puissant contre la diarrhée car tout le monde attrape « la turista », et aussi quelque chose contre la dysenterie.
4. Suivez scrupuleusement la prophilaxye anti-malaria. (Je suis nul en orthographe.)
5. Ne nagez pas dans le Nil car il est plein de bilharzies (une douve du foie) ou de crocos qui vous attirent dans l'eau avec leur queue si vous êtes au bord, et qui vous assomment ensuite.
6. Faites-vous vacciner contre le choléra car je ne serais pas surpris de le voir réapparaître avec toutes les autres épidémies.
7. Hier, le 17 juin, l'Ouganda et le Kenya ont fermé le Karamoja, dans le nord de l'Afrique-Orientale britannique (plus de 6 000 têtes de bétail volées et deux cents personnes tuées au cours de ces derniers mois), vous devrez donc effectuer ce trajet en bateau, ce qui est très agréable.
8. J'ai demandé au Royal Automobile Club un itinéraire retour à partir d'ici et je vous transmettrai les informations (jusqu'en Égypte), pour ce qu'elles valent. Au moins, vous pourrez étudier un peu le problème.

9. Si vous avez des bagages, expédiez-les. Je leur ferai franchir la douane à Nairobi, acheminer jusqu'ici et je les garderai. J'ai un cottage pour les invités avec deux chambres, une salle de bains et une sorte de salon séparé, dont je vous donnerai la clé pour que vous puissiez aller et venir à votre guise et y entreposer tout ce que vous voulez pendant votre périple. Comptez sur moi pour la nourriture : j'ai un bon jardin et du gibier en tout genre, des oiseaux, et du bœuf évidemment, etc. Vous serez installés comme à l'hôtel. Et quand vous aurez besoin d'un peu d'argent, vous pourrez facilement trouver un travail temporaire.
10. « Surveiller » les ranchs de diverses personnes. Le salaire ne sera pas mirobolant, mais c'est « logé et nourri » et vous n'aurez pas besoin de connaissances en matière d'agriculture. Beaucoup de gens cherchent un extra pour environ un mois.

Les routes entre ici et l'Afrique du Sud sont excellentes (pour l'Afrique), vous pourrez donc filer là-bas si vous n'avez rien de mieux à faire. Visiter la Rhodésie, etc.

J'ai écrit tout ça sur mes genoux, et mon anglais est exécrable. Mon écriture encore pire. La semaine a été joyeuse : on nous a attaqués lundi dernier et fauché quatre bœufs. Je ne peux toujours pas marcher mais je réussis à faire le tour de la ferme en voiture. Ces salopards étaient trop malins pour nous et ils ont franchi la frontière. Mercredi, deux types ont décollé de Nanyuki à bord d'un avion léger, et toute la région a entrepris des recherches, qui ont duré jusqu'à samedi. J'ai commencé en portant des médicaments et des bandages, et j'ai fini avec une pelle, mais samedi à midi, ils ont débarqué à Nanyuki, après s'être plantés sur le mont Kenya. Ils s'en sont sortis, un bel effort. Je sillonnais ce coin dans la Land Rover avec un avion de la R.A.F. au-dessus de la tête, qui a commencé à foncer sur moi en piqué, et à faire des allers et retours, etc. J'ai d'abord pensé que le type était fou ou ivre, puis j'ai compris qu'il faisait tout ce qu'un bimoteur pouvait faire pour me forcer à revenir chez moi, où j'ai appris que mon bétail le plus gras avait été attaqué par des pillards, alors je suis reparti et maintenant, me voilà dans la brousse, où j'écris cette lettre sur le capot de la Land.

Pas de véritables infos locales : une grande «prestation de serment» à environ 80 km d'ici dans la forêt. Vous avez certainement appris dans les journaux la nouvelle du meurtre scandaleux de Mrs. Osborne. Grand raout à Zanzibar, en ébullition permanente comme toute la province de la côte. J'ai assisté au défilé de l'anniversaire de la Reine au palais du gouverneur à Nairobi, c'était très impressionnant et triste – les larmes coulaient sur les visages des hommes comme des femmes – car c'est certainement le dernier. Les vers légionnaires ont dévoré tout le maïs et l'herbe, et nous devons nous attendre à un véritable désastre. La famine de l'an dernier sera une partie de rigolade par comparaison. Je replante tout avec lassitude. La sécheresse se poursuit car les «longues pluies» ne sont pas venues, depuis trois ans maintenant. Vous allez arriver dans un endroit jovial. Si je peux faire quelque chose pour vous, dites-le-moi, je vous prie. S'il pleut en Ouganda quand vous approcherez et si les routes sont mauvaises, je viendrai vous chercher, vous et le Nil Blanc.

Si vous allez à Kitale, passez voir Frank et Tania Waldron (c'est une Russe blanche qui vient de Bronxville, dans le New Jersey).

Il y a également un chouette petit pub au dernier étage de l'aéroport de Khartoum, pas accessible aux passagers en transit, mais vous pourrez forcer l'entrée.

Quoi qu'il en soit, je vous attends pour Noël, et je vais déjà enfermer la dinde.

Les Turkanas organisent une sacrée Ngona et la période des fêtes est très agréable dans le quartier, si vous pouvez tenir le rythme. J'ai un cheval, D.V., qui participe au Kenya Grand National le jour du Boxing Day (le lendemain de Noël) et il y a toute sorte d'autres réjouissances, alors ne restez pas « coincés dans un pub », quelque part dans le nord.

Donnez-moi votre prochaine adresse pour que je puisse garder une longueur d'avance. Je ne vous envoie pas cette lettre en recommandé, elle risquerait de rester bloquée quelque part.

Salut et que Dieu vous bénisse,
Sam S.

Embrassez pour moi les magnifiques poupées de Rome !!!

28 juin.

Retour à Rome. Retour via Margutta, à la Pensione Margutta, au Cafe Margutta, retour aux cervelles de veau braisées près des marches espagnoles.

J'ai mis les gaz sur l'autostrada et nous sommes arrivés à destination en une seule journée. Bon sang, cette moto possède une sacrée puissance, qu'elle délivre avec élégance, sans presque un murmure ni un soupir. Nous arborons désormais des casques italiens à visière rouge vif, des gants en cuir noir faits main à Florence et des lunettes de course. Nous avons un pare-brise – n'empêche qu'à 130 km/h les gouttes de pluie piquent comme des guêpes. Sous cette chaleur estivale nous préférons porter des T-shirts, mais nous avons appris à nous couvrir. Les gros insectes s'écrasent sur vous comme des météorites, un coup à se faire crever l'œil sans lunettes. Des bandanas protègent le bas de notre visage et notre cou. Le soir, après un long trajet, je caresse amoureusement notre déesse, je la nettoie des salissures de la route et des éclaboussures d'insectes.

Nous projetons de rester ici quelques jours, de savourer encore un peu la nourriture, le vin et la culture de l'Italie avant de partir vers le sud en direction du Sahara flamboyant. Maintenant que nous sommes lancés, plus rien ne presse.

30 juin.

Autre raison de nous attarder à Rome : ma mère, mon beau-père et ma sœur logent au Grand Hôtel pendant une semaine. Ils ont traversé l'Atlantique avant que nous partions vers l'inconnu, pour s'assurer que nous n'étions pas totalement fous. Ils ne savent pas où tout cela va nous mener, nous non plus. C'est ça le plus excitant.

2 juillet.

Je me suis fait vertement réprimander hier soir. Joe se sent menacé par la proximité attrayante de ma famille qui, pense-t-il, pourrait trouver le moyen de saboter notre projet. Durant le dîner au Grand Hôtel, ma mère a suggéré que l'on accompagne Susie qui va se promener en Grèce. Elle espère peut-être nous voir tous finir sur une île paradisiaque de la mer Égée plutôt qu'au Cœur des Ténèbres. Ma sœur a eu la sagesse de décliner cette proposition.

6 juillet.

Ma mère a contacté le frère de Sam, George. Elle a fait ses études à Oldfields School dans le Maryland et ils ont des amis communs. Le fait que Sam et George soient allés tous les deux à Princeton et soient membres du Ivy Club semble finalement légitimer cette expérience à ses yeux. Tout cela devient un peu étrange : notre grande aventure prend l'aspect d'une mondanité.

11 juillet.

Naples. Pensione Sultana.

Nous avons loupé le bateau pour Palerme, mais peu importe. Nous allons peut-être rester ici quelques jours de plus. Nous retrouvons les ruelles pleines de chats et les cordes à linge. Nous ne sommes pas pressés.

13 juillet.

Le Vésuve.

Nous l'avons escaladé. Une partie du moins. Énormes et laides sculptures de lave noire. Près du sommet, le sol est brûlant. Nous sentions la chaleur à travers nos bottes. De la fumée ou de la vapeur s'échappe des fissures. Odeur de soufre. Vue époustouflante sur la baie. Notre guide nous a dit qu'une nouvelle éruption allait se produire *d'un jour à l'autre*. Comme dans certains cas de gestation, le vieux volcan a dépassé son terme. Nous nous sommes dépêchés de redescendre et de filer sur la moto.

15 juillet.

Pline le Jeune a chroniqué l'éruption dévastatrice du Vésuve en l'an 79 de notre ère. Premier signe qu'il allait se passer quelque chose : un mince filet de fumée s'élevant pour former un nuage rond au-dessus de la montagne, dans lequel il a vu la forme d'un pin parasol, présent par millions ici. Une description toute simple nous donne une idée précise de l'apparence initiale de ce nuage à l'aspect inoffensif. Le propre de la grande littérature est de nous instruire pour des siècles. Cette description saisissante se trouve dans ses lettres à Marc Aurèle. Son mérite : l'avoir consignée !

18 juillet.

Palerme. Hôtel Marco Polo.

Après avoir déposé la moto au garage, nous avons marché dans la ville à la recherche d'un restaurant de poissons. Nous avions encore envie de poisson. Nous en mangeons autant que possible. Nous adorons les fruits de mer et n'en trouverons certainement pas beaucoup dans le désert. Soudain, un jeune type costaud, mat de peau, pieds et torse nus, un bandana bleu noué autour de la tête comme un turban, a débouché d'une rue transversale au petit trot avec un énorme poisson argenté sur l'épaule.

Dans la pénombre du crépuscule, impossible de voir s'il s'agissait d'un requin ou d'un thon, mais ce qui est sûr, c'est que c'était un poisson : gros, brillant et visiblement très frais.

Joe : « Suivons ce type. Voyons où il se rend. »

Nous l'avons suivi et, une ou deux rues plus loin, il a disparu à l'intérieur d'un restaurant avec sa prise sur l'épaule.

Nous l'avons imité. C'était un endroit sombre, marron, plutôt sinistre, où vous imaginiez des mafiosi se réunissant pour préparer des coups et décider qui ils allaient liquider.

Nappes blanches. Le serveur nous a apporté le menu. Joe avait eu le nez creux : il n'y avait que du poisson. Et nous ne nous sommes pas privés : des oursins, que Mario nous avait appris à ouvrir pour récupérer à la cuillère les œufs orange ; de l'espadon grillé, fraîchement découpé dans le monstre que nous avions suivi jusque-là ; avec un litre de vin blanc de la maison, des cafés serrés et des cigarettes.

On ne peut pas faire beaucoup mieux. Pendant que nous dînions, le restaurant s'est rempli peu à peu. Nous avions vu juste : des types de la mafia en costumes marron évoquaient des affaires louches à voix basse, pendant que leurs femmes sirotaient des cocktails dans un coin. Sûres d'elles, clinquantes mais nerveuses. Elles craignaient que leurs gamins se fassent descendre.

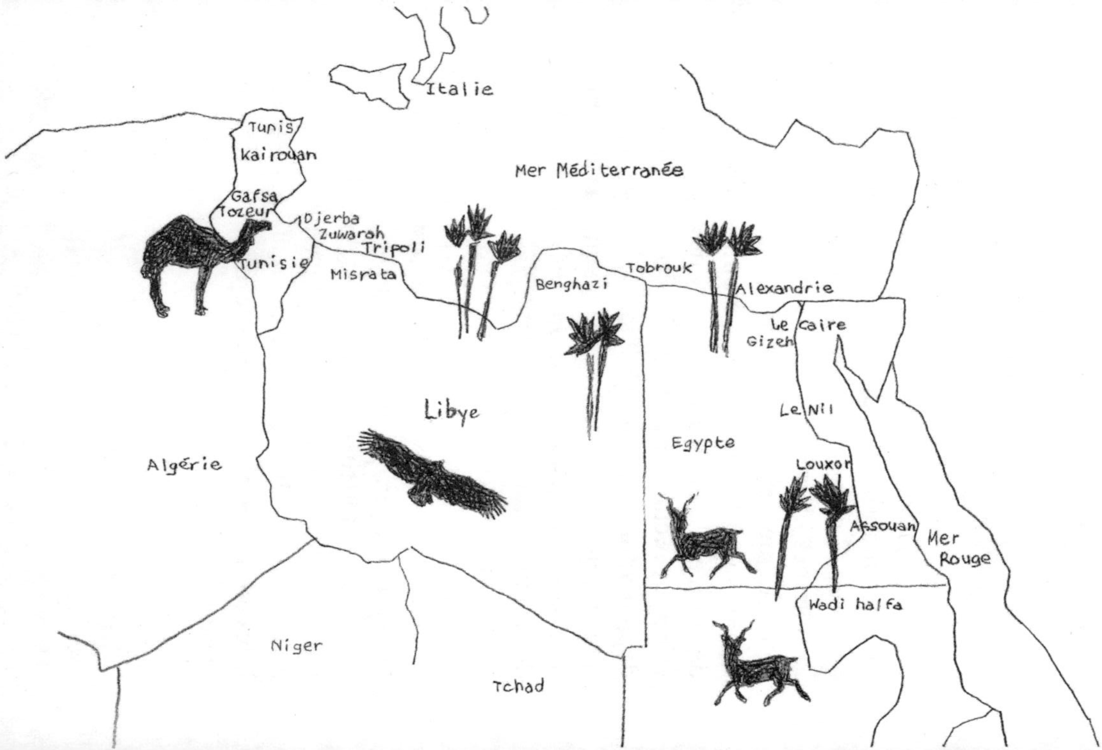
Italie
Tunis
kairouan
Mer Méditerranée
Gafsa
Tozeur
Djerba
Zuwarah
Tripoli
Tunisie
Misrata
Benghazi
Tobrouk
Alexandrie
Le Caire
Gizeh
Libye
Le Nil
Egypte
Algérie
Louxor
Assouan
Mer Rouge
Wadi halfa
Niger
Tchad

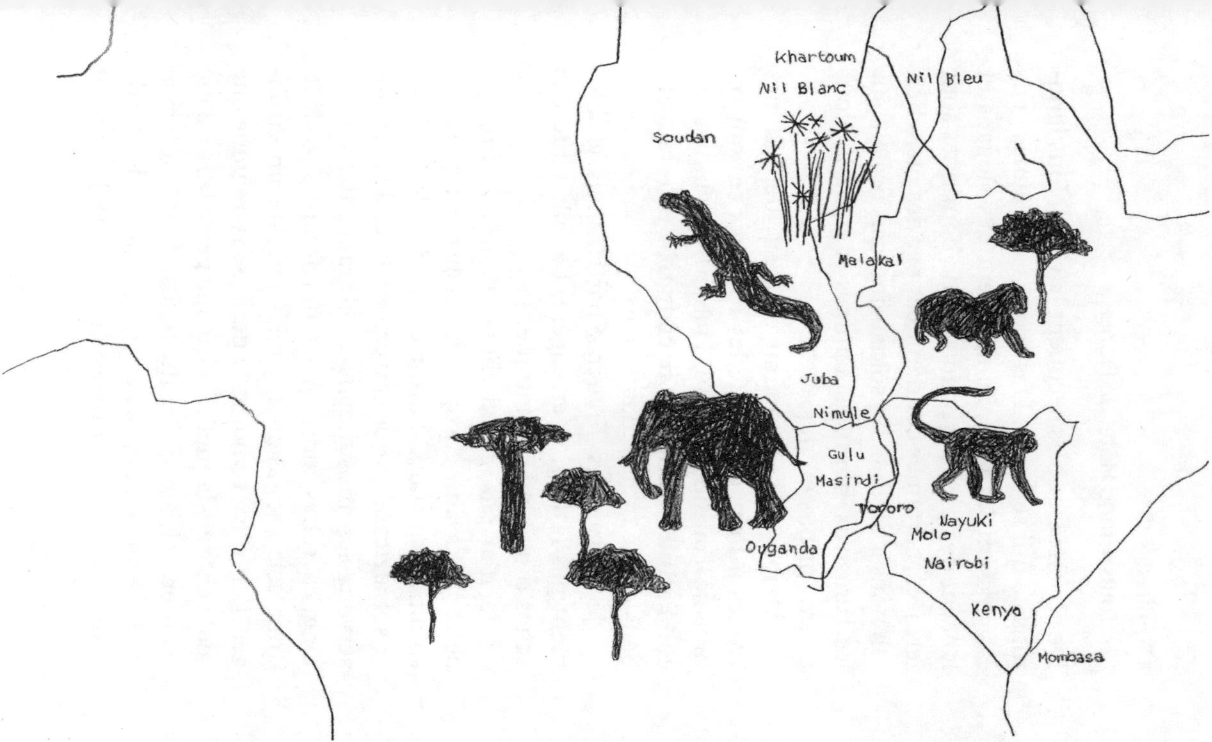

Khartoum
Nil Blanc
Nil Bleu
Soudan
Malakal
Juba
Nimule
Gulu
Masindi
Tororo
Nayuki
Molo
Nairobi
Ouganda
Kenya
Mombasa

19 juillet.

Tunis. Grand Hôtel de France.

De sérieux troubles secouent la ville. Nous ignorons ce qui se passe. Des groupes de jeunes gens envahissent les rues, ils scandent des slogans et lancent des pierres. Beaucoup de boutiques sont fermées, certaines condamnées par des planches. On nous a dit que des soldats français tiraient sur les Tunisiens, hommes, femmes et enfants. Nous ne savons pas où ni pourquoi.

Même moi je suis au courant, depuis mes études à Princeton, que les Français se sont retirés de Tunisie en 1956. Habib Bourguiba a été élu Premier ministre. Il était très pro-français. Sans doute moins maintenant.

Je croyais les Français partis, mais visiblement pas la Légion étrangère. La ville vibre des échos d'un élan patriotique.

Je n'ai pas grand-chose d'autre à dire sur cette ville arabo-européenne, si ce n'est que nous sommes satisfaits d'avoir enfin posé le pied sur le sol africain. Nous traversons la casbah et observons les musulmans si élégants dans leurs longues robes ainsi que leurs femmes voilées. Tout cela est fascinant, mais je reste un étranger. J'éprouve toujours le désir de vivre pour une seule chose – laquelle ? – qui me permettra de me réaliser. Ici, au milieu du chaos, de la confusion et de la mort, j'apprécie mieux le point de vue de Camus sur les terroristes russes de 1905 qui ont fait don de leur vie pour que naisse un monde meilleur.

C'est bon d'être ici avec Joe, qui rayonne maintenant et a retrouvé l'assurance qu'il possédait à Lima. De nouveau, nous sommes privés de tout contact téléphonique avec nos familles. Les lettres ne peuvent pas nous suivre car nous n'avons pas d'adresse fixe. Nous passons des heures à consulter des cartes et à discuter de ce que nous allons faire. Personne ne regarde par-dessus notre épaule, personne ne nous critique. Personne n'est là pour nous guider, à part nous, mais deux têtes valent mieux qu'une. L'absence de téléphone est ce que nous apprécions le plus. Nous ne sommes pas obligés d'écouter les angoisses de nos parents, là-bas au pays, car ici tout va super bien.

Joe est fortement séduit par les hommes qui se donnent la main. Hmmm.

Papa dit que je devrais participer aux affaires de mon pays, contribuer à ce qu'il suive une voie intelligente, au lieu de m'isoler à l'étranger. Il est à côté de la plaque, comme moi. Le but est de trouver une raison de vivre : la façon dont on y parvient est secondaire.

Non, non et non. Tout ça est trop existentiel et ne me concerne pas, en aucune manière. J'ai l'intention de continuer mes explorations jusqu'à ce que je trouve ce à quoi je suis destiné. Peu importe que j'y parvienne rapidement ou tardivement ; l'intérêt, c'est de ne pas lâcher l'affaire.

Nous logeons dans un confortable hôtel en bordure du quartier arabe. Comme toujours, la moto a attiré la foule ; les Arabes n'ont jamais rien vu de tel (pas depuis le départ de Rommel). Finalement, nous la garons dans le hall de l'établissement. Une chose est sûre : à Tunis, les gens aiment unanimement les Américains. Dites que vous êtes américain, ils applaudissent et vous proposent leurs services. Les Tunisiens ont un don incroyable pour les langues et possèdent assez de rudiments d'anglais, de français ou d'italien pour que nous nous comprenions. Des femmes voilées nous jettent des regards provocants avec leurs yeux ultra-expressifs.

20 juillet.

Aujourd'hui, je ne me sens pas très bien. *Mal d'estomac.* Je carbure au Coca-Cola. Je suis allé acheter un « saq » arabe au souk. Superbe, blanc, fait à la main. Pour un dinar et demi (3 $).

L'Homme révolté de Camus me fait une forte impression. C'est peut-être l'œuvre littéraire la plus éclairée que j'aie jamais lue. C'est une brillante suite à *L'Étranger*, *La Peste*, *Caligula* et aux nouvelles. Quel homme ! Quel esprit ! Dire qu'il y a à peine plus d'un an, le 4 janvier 1960, je crois, l'information a circulé dans les vestiaires de hockey sur glace de Princeton, alors que nous nous habillions pour le match : Albert Camus était mort dans un accident de voiture en France, à 47 ans, prix Nobel de littérature, et je ne savais même pas qui c'était !

J'ai découvert la lecture grâce à Joe.

Nous sommes au cœur d'une petite guerre ici en Tunisie. Nous nous trouvions à l'intérieur de l'ambassade britannique où nous attendions nos visas pour l'Ouganda et le Kenya, lorsqu'une foule est passée en courant dans la rue. Des fenêtres ont été brisées par des jets de pierres. Nous nous sommes réfugiés derrière une lourde table en bois, dans la salle à manger, et avec qui je me cogne la tête sous le plateau en acajou ? Le professeur Manfred Halpern, mon directeur d'études à Princeton ! Un spécialiste de la politique au Moyen-Orient. Il arrivait du Caire en voiture, par le même itinéraire que nous avons prévu de suivre, mais en sens inverse.

Plus tard, nous avons siroté un thé à la menthe dans un café. La situation telle qu'il la voit :

À une cinquantaine de kilomètres au nord de Tunis, sur la base navale de Bizerte, les Français et les Tunisiens se tirent dessus. Il y a peu de répercussions ici à Tunis, à l'exception des boutiques fermées en signe de protestation, des radios qui diffusent à tue-tête de la musique militaire, des discours de Bourguiba et des camions qui emportent les volontaires au combat. Les Tunisiens idolâtrent leur dirigeant ; ils ont même composé une chanson à sa gloire.

Les Marocains ayant réussi à obliger les Français à quitter leurs bases assez facilement, Bourguiba se trouvait dans l'obligation d'en faire autant. Il négocie en toute discrétion depuis deux ans. Comme il veut devenir le leader de la fédération d'Afrique du Nord, il a dû prendre l'initiative. Il y a quelques jours, il a adressé un ultimatum au général de Gaulle : les Français doivent quitter Bizerte immédiatement, faute de quoi la ville et la base subiront un blocus. Le message exigeait également que la Tunisie récupère une partie du Sahara algérien annexé par les Français qui y ont installé une série d'avant-postes. (La frontière entre les deux pays n'a jamais été officialisée.) La Tunisie n'ayant pas de pétrole, il serait dans son intérêt d'obtenir un territoire supplémentaire potentiellement riche en hydrocarbure. Et comme l'Algérie se dirige vers l'indépendance après une longue et sanglante rébellion, il est plus facile pour la Tunisie de soutirer de nouvelles terres aux Français qu'à une Algérie indépendante, que Bourguiba espère bien diriger dans le cadre d'une future fédération.

De Gaulle a fait savoir que les Français répondraient à la force par la force. Bourguiba a alors appelé les volontaires non armés à bloquer toutes les routes menant à Bizerte. Cette force civile (beaucoup avaient amené leurs femmes et leurs enfants, comme pour un pique-nique) a été décimée par les mitrailleuses de la Légion étrangère, et bombardée par les chars et les avions français. Le massacre s'est poursuivi pendant que les Français bombardaient la ville de Bizerte et exigeaient de conserver toute la zone afin de protéger leurs droits souverains.

Pour protester face à la barbarie, les commerces de Tunis ont baissé leurs rideaux de fer. Je comprends mieux maintenant le tollé plaintif, parfois frénétique, contre le colonialisme, des délégués des pays africains émergents aux Nations unies. L'affaire de Bizerte a été portée devant les Nations unies par M. Slim, un Tunisien. Le professeur Halpern pense qu'à cette heure un cessez-le-feu a déjà été réclamé.

Il nous a appris, par ailleurs, qu'une Conférence internationale de la jeunesse se déroulait à Tunis. Compte tenu de mes connaissances dans le domaine de la politique africaine et moyenne-orientale, il m'a vivement incité à y assister.

Ce qui nous a le plus inquiétés, Joe et moi, c'est la mise en garde du professeur Halpern, d'après qui la 6e flotte américaine pourrait débarquer *d'une minute à l'autre* pour évacuer tous les Américains de Tunisie. *Tout de suite** !

21 juillet.

Kairouan. Hôtel Rose des Sables. 21 h.

Nous voulions rester plus longtemps à Tunis. Nous avions prévu de visiter les ruines de Carthage, mais la mise en garde du professeur

Halpern (c'est ainsi que nous l'avons interprétée) nous a un peu fait paniquer. Nous n'avons aucune envie d'être rapatriés à Naples à bord d'un navire de guerre et de ne plus jamais revoir les côtes d'Afrique. Tant pis pour Carthage. Tant pis pour la Conférence de la jeunesse. Nous avons bouclé nos bagages et mis les gaz pour quitter la ville.

Kairouan. 4 h.

(Il fait trop chaud pour dormir, j'écris à la lumière d'une lampe électrique.) À Tunis, le climat est tempéré par une bulle d'air humide provenant de la Méditerranée. Vous vous enfoncez d'une quinzaine de kilomètres à l'intérieur des terres, comme nous l'avons fait aujourd'hui (hier plutôt), et vous vous retrouvez dans un four.

Les gémissements d'un muezzin (plusieurs muezzins en fait, proches et lointains, dont les chants aigus flottent au-dessus de cette ville aux nombreux dômes) ressemblent à des voix de morts qui échangeraient des lamentations. C'est extrêmement étrange et inquiétant. Et apaisant, d'une certaine façon.

Hier – ou aujourd'hui –, nous avons eu notre premier aperçu du paysage africain si éloquent : une luxuriance aride qui produit des agrumes et des dattes. Des rangées d'oliviers s'étendent jusqu'à l'horizon. Cet endroit était autrefois le grenier de Rome. Nous avons longé à toute allure une avenue d'énormes plantes centenaires en fleur. Elles ont développé des tiges phalliques aussi hautes que des poteaux téléphoniques. Le soleil couchant zébrait la route de leurs ombres penchées.

Nous pénétrons dans l'inconnu ; toute l'Afrique est devant nous.

Si les Français savent faire une chose, c'est construire des routes. Plates, nivelées et invariablement lisses, elles rendent l'existence grisante sur la moto lancée à toute vitesse. Des insectes gros comme des noix rebondissent sur le pare-brise. Des sauterelles, je crois. Nous gardons nos gants, nos lunettes et nos manches baissées pour repousser les bestioles. Il suffirait que l'une d'elles vous atteigne à 120 km/h, pour vous éjecter.

Kairouan surgit de la plaine brune et morne sous la forme d'une succession de minarets, ceints de dattiers, qui dominent un amas de constructions basses et géométriques. On sent immédiatement que cette ville possède quelque chose d'extraordinaire. Elle arrive en deuxième, troisième ou quatrième position en termes de sainteté, après La Mecque, et les traditions ancestrales y sont respectées. C'est notre première rencontre avec l'architecture religieuse en Afrique. Toutes les femmes sont voilées, certaines ont le visage totalement caché. Elles passent tels des fantômes. L'affection entre les hommes est flagrante. On en voit qui se tiennent la main, et même qui s'embrassent. Ici, ça paraît naturel et Joe approuve. Moi, j'ai des doutes.

Les hommes portent avec élégance des burnous légers et amples, semblables à des toges. Le soir, il n'y a plus aucune femme dans les rues. Nous visitons la grande mosquée. Des vieillards hochent la tête et nous saluent sans un mot en sortant. Nous jetons un coup d'œil dans la vaste cour à colonnes. Des colonnes romaines.

22 juillet.

Kairouan.

Nous portons des robes maintenant, beaucoup plus confortables et fraîches que les vêtements occidentaux moulants. Les Kairouanais sont très amicaux. Partout où nous allons, ils nous accueillent avec des sourires et des hochements de tête. Déjà, nous saluons un tas de gens. En ville, tout le monde nous connaît. La moto attire la foule, comme si nous étions arrivés à bord d'un engin spatial.

Ça se confirme : tous les Tunisiens aiment l'Amérique. Qu'avons-nous fait pour mériter une telle affection ? Je l'ignore.

Les observations ici consignées doivent être considérées comme strictement superficielles. Il est très difficile, en si peu de temps du moins, de pénétrer le monde musulman, et de le comprendre. Les femmes semblent occuper une position très défavorisée. Peut-être commandent-elles à la maison, mais les rues appartiennent aux hommes. Même pauvres, les gens sont toujours élégants et accueillants. À l'instar d'un *buenos días* adressé à un Indien du Pérou, ici un simple *bonjour* vous vaut un sourire et de la sollicitude. Les gens les plus chaleureux du monde résident dans les pays pauvres. C'est ce que j'ai appris au Pérou.

J'ai acheté deux magnifiques tapis tissés à la main et les ai fait expédier à la maison. Tous les soirs, Joe compte les traveller's cheques qu'il lui reste.

Le monde nous a rattrapés. On rapatrie les morts de Bizerte. Quelle tristesse et que de pleurs ! Les funérailles de Tunisiens tués sur leur propre sol par des étrangers mettent en évidence l'oppression et l'injustice qu'une puissance coloniale peut infliger à des peuples sans défense dans des pays sous-développés.

La souffrance endurée par ces gens à cause de la fierté d'une armée étrangère. L'armée d'une nation qui a condamné la répression du soulèvement hongrois par les Soviétiques en 1956. Bizerte met en évidence la nature ironique du monde dans lequel nous vivons, un monde où la responsabilité et les mauvais traitements sont distribués par ceux qui sont tout aussi coupables. Les Tunisiens, pacifiques et dociles, ne peuvent pas rivaliser avec l'armée française, une des meilleures du monde. Cette petite et faible nation est obligée de dépendre de la bonne volonté des puissants : les États-Unis. Pour l'instant, cela se traduit par un massacre. Je ne l'oublierai jamais.

(Tout cela est écrit à la lumière d'une lampe électrique, mon carnet posé sur les genoux.) Dans ces ruelles obscures (la lumière n'est jamais directe), j'éprouve une étrange euphorie, alors que tout le monde pleure les jeunes gens morts à Bizerte.

23 juillet.

Gafsa. Hôtel du Sahara.

Après deux nuits et une journée dans la ville sainte de Kairouan, nous avons atteint cette oasis au bord du désert. Gafsa est l'ancienne cité romaine de Capsa. En chemin, nous avons croisé un grand nombre de ruines romaines – impressionnantes dans leur nudité sur la toile de fond du désert et du ciel –, qui parlent à voix basse d'une époque où l'Afrique du Nord était bien moins aride qu'aujourd'hui. La Tunisie fournissait à Rome du blé, des olives et de l'huile, des dattes, des agrumes et des animaux sauvages. À Gafsa, les bains romains sont toujours en service, et nous sommes allés nous baigner avec des essaims de jeunes Arabes. Ils plongent des toits et nagent comme des phoques bruns et brillants.

Tous ces éléments amènent à penser que la vie en Tunisie aujourd'hui n'est pas très différente de ce qu'elle était à l'époque romaine. Les gens portent comme autrefois d'amples robes légères, pratiques, qui vous enveloppent d'une confortable bulle de chaleur corporelle, en repoussant le chaud et le froid extrêmes. Comme dans le temps, ils cueillent des olives, des agrumes et des dattes pour l'exportation. Le climat, qui n'a guère changé, dicte aux gens leur mode de vie. Seule différence : jadis, les gens devaient allégeance à Rome ; désormais, c'est à La Mecque.

24 juillet.

Tozeur. Hôtel des Palmiers.

La chaleur nous pèse maintenant (48-50 °). Jusqu'à présent, les routes ont été bonnes et la moto a bien tourné. Difficile de dormir à cause de la canicule. Allongé nu dans une flaque de sueur, vous écoutez les chiens qui parlent toute la nuit. C'est l'heure à laquelle j'écris.

Départ à 4 heures, ce matin, pour Tozeur. Plus de 80 km de route gondolée atrocement inconfortable, parfois recouverte de dunes. Il n'est vraiment pas facile de piloter la moto dans le sable. La chaleur est considérable. Le Nil Blanc chauffe, l'accélérateur se bloque à 60 km/h. Nous avons quand même réussi à arriver.

Tozeur doit être un des endroits les plus chauds au monde. Il paraît que la semaine dernière, la température en plein soleil a atteint les

65 °. Impossible de conduire des voitures à refroidissement par eau. D'où l'omniprésence de 2 CV françaises à refroidissement par air. Mais l'air est extrêmement sec et l'humidité quasiment nulle, si bien que, si la chaleur est supportable à l'ombre d'un palmier, la température dans le désert est proche de l'ébullition !

Tozeur : une oasis saharienne classique où des forêts de dattiers jaillissent du sable irrigué par une eau souterraine. Une vision magique, si chaude cependant que nous mangeons l'équivalent d'un unique maigre repas par jour (le soir) et buvons des litres d'eau (minérale et en bouteille), de Coca, de limonade, de bière… peu importe, du moment que c'est liquide et frais. On a soif en permanence. Plus on boit, plus on a envie de boire. Impossible de faire autre chose dans la journée que d'attendre le coucher du soleil.

Malgré tout, à 16 heures, nous avons sauté sur la moto (l'accélérateur est décoincé), pour continuer jusqu'à Nefta, une oasis encore plus grande, près de la frontière algérienne. La route était bonne, mais le vent brûlant à 110 km/h.

On longe le grand désert de sel, connu sous le nom de Chott el-Jérid, ou Patte de sauterelle, 5 000 km² qui s'étendent jusqu'à l'horizon, d'une blancheur spectrale, étincelant de manière inquiétante dans la chaleur. Un des spectacles les plus terrifiants que je connaisse. La mort sur un plateau. Au départ, nous avions l'intention de traverser cette immense plaine de sel jusqu'à

Kébili, mais on nous a prévenus que nous risquions d'en briser la surface et de nous enfoncer dans les sables mouvants.

Il y a un mois, un couple de Français est parti dans sa 2 CV ; on ne l'a jamais revu. Comme le véhicule n'arrivait toujours pas à Kébili, les autorités ont lancé des recherches et localisé l'endroit où il avait été englouti. Aucune trace de la voiture ni de ses occupants. Noyés dans un gigantesque puits de sel, de boue et de sable.

Nefta est une magnifique oasis, aussi exotique que vous pouvez l'imaginer. Nous nous sommes promenés à travers les palmiers en grignotant des dattes, des figues, des pêches... offertes par des fermiers sympathiques. Et nous avons nagé ! L'eau n'est pas très rafraîchissante. Elle dépasse les 30 °.

Les gens d'ici, les jeunes hommes surtout, sont moins amicaux. Nous sommes près de l'Algérie, où la guerre continue. Il y a des rebelles dans les parages. Ces hommes à l'aspect étrange (les femmes sont entièrement voilées) sont les descendants des Vandales, une tribu allemande venue de la Baltique, via la France, l'Espagne et le Maroc, jusqu'à Carthage (vers le ve siècle avant J.-C.) pour harceler les Romains, en laissant des yeux bleus dans leur sillage. Des yeux bleus, des cheveux blonds ou roux qui, combinés à la peau mordorée des Africains, donnent des visages exotiques, parfois bizarres. Nous sommes retournés à Tozeur, en croisant des troupeaux de chameaux. Le plus grand danger sur la route, ce sont tous ces animaux – chameaux, chèvres, chiens, etc. – qui s'y promènent en permanence. Sans oublier les individus qui dorment à poings fermés sur la chaussée goudronnée. Quand nous sommes arrivés à Tozeur, la ville se réveillait tout juste de sa sieste d'une journée.

25 juillet. 20 h.

Île de Djerba. Hôtel P'Tit.

Il faisait beaucoup trop chaud pour dormir, mais l'air était frais à 4 h 40 quand nous nous sommes levés pour repartir vers la côte et échapper à la chaleur oppressante, via Gafsa et Gabès, jusqu'à cette île légendaire.

Nous avons fait rugir la moto à l'aube et roulé dans le sable au milieu des palmiers ; la fraîcheur et la vue dégagée produisaient une impression de liberté, absolue et exaltante. Je ne connais pas d'équivalent. Rien de tel. Un seul café chaud sucré et un beignet pour nous permettre de tenir la journée. Nous transportons de l'eau maintenant. Quatre bouteilles d'un litre. Et nous sommes toujours couverts : chapeau ou casque. Si nous tombions en rade ici, ce ne serait pas une partie de rigolade. Il n'y a quasiment pas de circulation sur cette route lisse et plate, parfaite. Une fois passé la tôle ondulée, j'ai mis les gaz et nous avons traversé la Tunisie à toute allure.

Voici, donc, la légendaire île des Mangeurs de lotus, les Lotophages, où Ulysse et ses compagnons, au cours de leur voyage de dix ans pour revenir chez eux à Ithaque, depuis Troie, après une aventure qui les a conduits à travers toute la Méditerranée, se sont laissé séduire après avoir consommé cette mystérieuse plante. Ils en ont oublié leurs amis, et ne voulaient plus rentrer. Mes études de grec et de latin s'avèrent utiles quand nous traversons ces terres antiques. Je parviens à déchiffrer certaines inscriptions, mais j'ignore ce qu'est le lotus. Un lys d'eau. Je lis dans les *Histoires* d'Hérodote que le fruit du lotus était aussi sucré qu'une datte. C'en était peut-être. Les dattiers poussent par millions ici. Peut-être que les indigènes astucieux fourraient les dattes avec du haschich.

26 juillet. 23 h 30.
Djerba.

Gide et Flaubert ont visité cette île. Comme bien d'autres écrivains. Et maintenant, moi. Rien que du sable et des palmeraies ; les étranges maisons et mosquées à dômes blancs semblent venir d'un autre monde. Eau limpide, plages propres et une pleine lune si éclatante que vous pouvez lire le journal à l'extérieur. Nous dormons dehors ; la brise marine est un soulagement après la chaleur écrasante des habitations. Les chiens parlent toute la nuit : *hobs hobs.* L'obscurité immobile et claire résonne des appels de la mosquée, plus doux et mélodieux que ceux de Kairouan. Une voix de jeune garçon. À Tunis, ça ressemblait à un appel aux armes. J'écris à la lueur d'une bougie plantée dans le sable.

27 juillet.

Le marché de la grande ville de Houmt Souk est un joyeux asile de fous. Nous avons appris qu'il fallait, quand cela était possible, prendre le petit déjeuner au marché ; un repas composé d'un melon choisi avec soin et de café noir très fort. Nous mangeons des bricks, une pâte frite avec un œuf à l'intérieur. L'astuce, c'est de mordre au milieu, d'aspirer le jaune liquide et chaud, et de mâcher la pâte ensuite.

Le plat national tunisien est le couscous : de la semoule accompagnée d'un assortiment de viandes – agneau ou mouton – et de légumes, arrosés de jus ; c'est savoureux, mais indigeste si vous buvez en même temps. Le liquide fait gonfler la semoule dans votre estomac et vous avez l'impression d'avoir avalé un ballon de football. Avec cette chaleur, nous mangeons peu. Du poisson frais autant que possible. Il y en a beaucoup ici, ainsi que des calamars. La communauté juive produit une gnôle locale : l'eau-de-vie de figue.

Des kilomètres de palmiers sur du sable. Les plages rétrécissent ou s'élargissent de centaines de mètres au gré des marées. De vieux juifs barbus en djellabas et kipas sont rassemblés à l'ombre d'un mur blanc. Des oiseaux virevoltent à l'intérieur de la synagogue vieille de 2 500 ans. On chante le kaddish dans les villages juifs. Des tribus d'individus aux yeux bridés et aux nez larges. Un fort turc, rose dans le soleil matinal ; de la merde humaine sèche sur les remparts, puis retourne à la terre. Tout le monde est venu ici. Ulysse, Hannibal, les Romains, les Arabes, les Turcs, les Français, Rommel, Montgomery.

De jeunes Arabes rôdent comme des chacals, dans l'attente d'un signe.

Les gens sont accueillants, plus que dans le désert. Les couleurs sont le bleu et le blanc. Des dhows flottent à l'horizon. Le sable, l'odeur de la mer, le port. Calamars et éponges tout juste pêchés sèchent sur le même fil que le linge. Des bateaux à voile latine se couchent sur le rivage à la marée descendante. De jeunes garçons et une vieille femme pataugent jusqu'aux chevilles dans l'eau vaseuse à la recherche de palourdes. Les algues déferlent dans l'ombre des quais. Des palmiers surgissent du mirage vif-argent scintillant. La puanteur des éponges pourries. Un vieux pêcheur unijambiste, affalé dans la cour, surveille ses éponges sur la corde à linge. Le piétinement des mules. Ici, le temps s'est arrêté il y a longtemps.

29 juillet 1961.

Tripoli. Hôtel Tripoli.

Il ne reste peut-être pas assez de pages dans ce carnet pour que je décrive ce qui nous est arrivé hier. Nous avons de la chance d'être là. De la chance d'être quelque part, tout simplement. Joe a de la chance d'être en vie. Nous souffrons tous les deux d'horribles coups de soleil après une journée entière dans le désert. Moi encore plus que Joe avec sa peau mate et son épaisse touffe de cheveux châtain foncé et bouclés. Mes mains ressemblent à des côtes de porc pas assez cuites : rouges et crues ; j'ai les ongles noircis par l'huile, la graisse et la poussière du désert. La douche de l'hôtel crachote de l'eau. Impossible de décrire le soulagement.

La journée avait mal commencé. Nous avons quitté Djerba à 5 heures du matin, mais nous sommes tombés en panne d'essence et nous avons dû pousser la moto sur plus de 1 km jusqu'à Médenine, où nous avons fait le plein avant de repartir vers le sud. Il était midi passé quand nous avons atteint la frontière tunisienne à Ben Gardane. La chaleur était intense, peuplée de mirages, l'horizon tressautait. Tels des murs de miroirs, les mirages vous enferment de tous les côtés, sauf de là où vient le vent ; là, une petite brise sournoise s'infiltre et entrebâille la porte.

Le gentil douanier tunisien a tamponné nos passeports et nous a demandé si nous avions un *carnet de passage** pour la Libye. Ce document garantit que vous ne vendrez pas votre véhicule dans le pays où vous entrez. Non, nous ne l'avions pas. Il avait été impossible, à Tunis, d'obtenir ce papier à cause de la plaque temporaire TTX allemande de la moto. À l'ambassade de Libye, où nous avions obtenu nos visas, on nous avait assuré que nous pourrions entrer dans le pays sans ce document.

Le douanier tunisien était catégorique. Ils ne vous laisseront pas entrer.

Nous n'avions d'autre choix que de poursuivre notre route vers ce désert qu'est la Libye. En Tunisie, il y avait des palmiers et des animaux ; ici, rien. La plaine rase et caillouteuse s'étendait à l'infini, avec quelques dunes en forme de croissants perchées ici et là, à l'aspect étonnamment doux, comme des oreillers. Un terrain idéal pour des combats de chars, et c'est à peu près tout.

Je me demande maintenant si le soleil du désert ne nous a pas grillé le cerveau. Les risques que nous allions prendre ! Quelle folie ! Pas un instant le danger auquel nous nous exposions ne nous a traversé l'esprit. Nous aurions pu nous faire tuer tous les deux, plusieurs fois.

Les mirages et la chaleur suffocante : nous espérions avoir fait le bon choix. Nous n'avions pas croisé d'autre véhicule depuis des kilomètres. Nous avons prié pour que notre fidèle moto nous conduise à destination.

Une bande de no man's land d'une trentaine de kilomètres sépare les postes frontières tunisiens et libyens. À l'approche du côté libyen, nous avons découvert une barrière en travers de la chaussée, comme à un passage à niveau. Nous avons ralenti, nous sommes descendus de moto et l'avons mise sur la béquille pendant qu'un soldat armé d'un fusil sortait d'une cabane sans se presser.

Nous lui avons tendu nos passeports avec les visas. La langue de communication est passée du français à l'italien. Il a examiné nos passeports et réclamé le carnet de passage. Nous avons répondu que nous n'en avions pas. Il a haussé les épaules et déclaré qu'il ne pouvait pas nous laisser entrer sans ce document. Tout ça dans le désert scintillant par 48 °. Les gens de l'ambassade nous ont assuré que nous n'en avions pas besoin, avons-nous expliqué. Faux, a-t-il dit. Il fallait retourner à Tunis le chercher. Faire demi-tour? 800 km sous cette chaleur pour un bout de papier. En gage de sa bonne volonté, il nous a offert à chacun un verre d'eau.

Nous avons fait 4 ou 5 km en sens inverse, avant de nous arrêter et de déplier la carte. Notre route avait l'air de se situer à moins de 10 km de la mer. À Djerba, nous avions remarqué que la marée basse laissait une immense étendue plate de sable dur. Si nous pouvions atteindre cette plage, nous pourrions peut-être la suivre pendant quelques kilomètres, puis repiquer vers la route goudronnée, au-delà du poste frontière, et continuer vers Tripoli. Nous avions nos visas, seule la moto n'en avait pas. Il était hors de question de retourner à Tunis. Pas sous une chaleur pareille.

Le problème principal, c'était le sable : d'énormes dunes au nord, entre nous et la mer. Il s'agissait de trouver un passage. Nous avions déjà constaté combien il était pénible de pousser une moto dans le sable. Rommel avait été plus malin : son armée avait débarqué en Afrique avec des BMW à trois roues.

Nous sommes repartis. Un enfer. Impossible de franchir la moindre dune, il fallait les contourner. La chaleur s'accumulait dans ces cuvettes. De véritables fours. Le sable nous brûlait à travers les semelles de nos chaussures. Ces magnifiques dunes en forme de croissants sont devenues notre pire ennemi. Très vite, on perd le sens de l'orientation. Au bout de 1 km environ, nous nous sommes aperçus que nous ne savions plus si nous allions vers le nord, le sud, l'est ou l'ouest. À force de zigzaguer entre les dunes, trop hautes pour qu'on voie derrière, nous nous sommes perdus. Il ne nous restait que nos traces, qu'un petit vent diabolique effaçait tranquillement. Mais cette inquiétude a soudain été remplacée par une autre menace, bien plus terrible.

Nous étions cernés. Des hommes armés avaient surgi de nulle part ! Des individus à la peau tannée, à la barbe grise, à l'air sinistre, vêtus de djellabas déchirées. Ils étaient sept ou huit.

Munis d'un assortiment d'armes primitives : un fusil d'une autre époque, un revolver, des sabres, des bâtons et, la plus inquiétante : une pioche. Un groupe d'autodéfense, apparemment, dont la haine des étrangers avait été exacerbée par les atrocités de Bizerte. Nous avons tout de suite compris, Joe et moi, que nous nous trouvions dans une situation extrêmement dangereuse. Un seul mot ou geste de travers et ils pouvaient nous tuer, puis nous enterrer dans le sable, personne ne s'en apercevrait. Nos familles ne sauraient jamais ce qui nous était arrivé. Disparus. Ensevelis sous les sables d'Afrique. Perdus à tout jamais, sans laisser de trace. La moto survivrait. Ils ne l'enterreraient pas. Ce serait leur trophée. L'unique preuve.

L'un d'eux parlait quelques mots de français, ce qui voulait dire que c'étaient des Tunisiens et non des Libyens. J'ignorais si c'était une bonne ou une mauvaise chose : une mauvaise certainement. Ils étaient remontés, ils traquaient les Européens qui avaient tué leurs enfants.

« Qui êtes-vous et où allez-vous ? »

J'ai dit :

« Nous sommes américains et nous allons à la plage. »

Rétrospectivement, cette réponse est certainement la plus futile de tous les temps. Des armes à feu étaient pointées sur nous, des sabres et des bâtons étaient prêts à s'abattre sur nos têtes, et nous, nous voulions juste aller à la plage.

Mais un mot magique a circulé parmi eux, à voix basse: «Mirikani, Mirikani.» Les armes se sont abaissées de quelques centimètres.

Nous avons sorti nos passeports. J'ai montré les mots «United States of America» à celui qui semblait savoir lire. Les passeports sont passés de main en main. Tout le monde voulait regarder.

«Mirikani, Mirikani.»

Je suis convaincu, et je le resterai toute ma vie, que si nous avions été français, avec des passeports français, cette bande nous aurait assassinés sur-le-champ, non sans raison. Les soldats tunisiens se faisaient descendre par la Légion étrangère. Dans tout le pays, des gens pleuraient de jeunes hommes morts. Ce n'aurait été qu'un petit acte de vengeance.

«Mirikani, Mirikani.» Comme si nous débarquions de Mars.

On nous a rendu nos passeports.

«Retournez sur la route.»

Ce que nous avons fait. Ce sale petit vent, dont l'unique intention, semblait-il, était de nous semer au milieu de nulle part, avait laissé peu de traces pour nous permettre de rebrousser chemin. Nous n'avions aucune idée de l'endroit où nous nous trouvions. Les Tunisiens nous ont indiqué la direction. En définitive, on pourrait dire qu'ils nous ont sauvé la vie.

Nous étions sacrément soulagés de regagner le bitume. Nettement plus frais que ces cuvettes surchauffées entre les dunes. Mais la fournaise n'était plus un problème ; nous y étions presque habitués. Il était maintenant environ 15 heures, et il faisait 49 °.

Qu'allions-nous faire ?

« On continue. »

Mon compadre confédéré n'a absolument peur de rien. Quand il a décidé de quelque chose, il s'exécute, peu importe les complications. S'il veut aller quelque part, il y va, rien ne l'en empêchera. Il fonce droit devant.

Nous avions tous les deux remarqué, lors de notre bref passage au poste frontière libyen, que la barrière en travers de la route laissait un étroit passage sur la gauche, d'environ 1 m, pour les gens qui se déplaçaient à pied, et leurs bêtes. J'estimais que nous pouvions passer, mais à une condition.

« C'est moi qui tiens le guidon. Si les balles pleuvent, tu me serviras de parapluie.

— Allons-y ! Je cuis ! Forçons cette frontière ! »

Alors, nous avons roulé de nouveau vers le poste, à moins de 20 km/h, comme si nous allions descendre de moto pour recommencer à parlementer. Le soldat et son arme sont sortis de la cabane. Pourquoi n'avions-nous pas soudoyé ce type ? Dix dollars et nous serions à Tripoli à l'heure qu'il est.

Mais notre sort était déjà scellé. J'ai contourné la barrière et mis les gaz.

Comble de l'horreur, à la seconde même, un véhicule de patrouille libyen, rempli de soldats et d'armes, a surgi du désert. Ils nous ont pris en chasse.

« Accélère ! »

Je n'avais pas besoin qu'on me le dise. Nous étions déjà en quatrième et à 120 sur une route lisse et plate. Construite par Rommel et/ou Montgomery, celle-ci. Quelques détonations derrière nous. Nous nous sommes couchés sur la moto pour offrir une cible moins facile.

En moins d'une minute nous avons distancé le véhicule libyen, dont le radiateur laissait échapper une fumée telle qu'on aurait dit un engin à vapeur. Nous nous sommes redressés, tandis que la moto traversait le désert en ronronnant. Ouf. Bénis soient les ingénieurs allemands ! Nous avions laissé l'enfer derrière nous et roulions vers le paradis. Mais notre euphorie n'a pas duré longtemps.

Joe a poussé un grognement et s'est laissé tomber sur moi.

« Oh, merde ! »

J'ai braillé :

« Qu'est-ce qui t'arrive ?

— Roule ! »

Au bout d'une cinquantaine de kilomètres, nous avons dû nous arrêter en arrivant à la petite ville de Zuwarah. Route barrée. Par des grosses pierres ; des troncs de palmiers ; des dizaines de personnes. Le véhicule de patrouille avait envoyé un message par radio.

Nous avons arrêté la moto pour mettre pied à terre. C'est là que j'ai constaté, avec étonnement et effroi, que Joe et moi étions collés l'un à l'autre. Par son sang. Nous n'avons pas dit un mot, nous nous sommes juste séparés. Mon T-shirt s'est déchiré. Le véhicule de patrouille est arrivé dans un rugissement, sous les applaudissements et les cris. Les soldats ont bondi en pointant leurs armes sur nous. Si nous n'avions pas eu l'air terrorisé, on aurait pu nous prendre pour deux vedettes tant la foule était excitée. Joe saignait abondamment à cause de la balle qui avait atteint son épaule droite, près du cou. Quelques centimètres plus à gauche, il était mort.

Ils ont appelé des bonnes sœurs. Elles sont arrivées avec leurs coiffes blanches semblables à des mouettes en vol. Elles ont emmené Joe et l'ont recousu sans anesthésie. Il m'a rejoint dans la cellule. Zuwarah est une ville prison. Par la fenêtre, je voyais les gamins entourer la moto. La clé était dans ma poche.

Une heure plus tard environ, les barreaux se sont ouverts pour laisser entrer un officier libyen, de notre âge à peu près, impeccable dans son uniforme kaki amidonné, coiffé d'un béret vert.

« Eh bien, qu'est-ce que ça veut dire, les gars ? »

Anglais parfait.

Nous lui avons montré nos passeports. Les visas égyptiens, soudanais et d'Afrique-Orientale britannique ont dû le convaincre que nous n'avions pas l'intention de passer le restant de nos jours en Libye.

Il a réclamé du thé et des pâtisseries aux pistaches. Le thé était préparé par des détenus qui se promenaient dans la prison. Chaque fois que nous les regardions, ils s'esclaffaient. Alors, nous avons tous fini par rire aux éclats. C'était une expérience insensée et je suis sûr que les gardes-frontières raconteront cette histoire à leurs enfants.

Difficile de décrire le coup de fouet que procure leur thé. Dose impérative : trois verres. Un pur shoot de sucre.

À l'exception de ce verre d'eau au poste frontière libyen, nous n'avions rien avalé de toute la journée. Nous avons parlé des États-Unis et de la Libye : un pauvre État musulman et un riche pays chrétien avaient énormément à apprendre l'un de l'autre. En joignant nos forces, nous pourrions gouverner le monde. Communistes s'abstenir. Il avait fait ses études dans une université anglaise. Il était correct, poli et accueillant. C'est incroyable comment, en Afrique, de parfaits inconnus peuvent vous donner l'impression d'être chez vous. Y compris ces guerriers dans les dunes qui nous ont en effet sauvé la vie. En Afrique, comme au Pérou, vous avez le sentiment d'apprendre quelque chose chaque jour. Sur les gens, surtout sur les gens pauvres ; l'humanité, pas les humanités. Une chose oubliée dans les programmes de Princeton.

Il a tamponné nos passeports, en nous donnant quatorze jours pour traverser le pays.

C'était faisable ; il n'y avait que 1 500 km environ jusqu'en Égypte, et une cinquantaine de sites à visiter en chemin.

Nous avons enfilé des chemises propres. Les hommes venus de Mars ont enfourché leur machine étincelante. Dieu soit loué, les gamins n'y avaient pas touché. Toute la ville nous a fait des adieux bruyants. Ces gens ne s'étaient jamais autant amusés. Nous non plus. Les soldats qui, quelques heures plus tôt, avaient pointé leurs fusils sur nous s'en servaient maintenant pour tirer en l'air. Nous avons serré des mains de tous les côtés. Nous étions tous amis désormais, unis pour régner sur le monde. Deux heures plus tard, nous étions à Tripoli.

Tripoli. Hôtel Tripoli.

La voix de Mel Allen, la voix des New York Yankees, est diffusée à la radio via la base de l'Air Force de Wheeler (la plus grande au monde), à la périphérie de Tripoli. « Une fois… deux fois… adjugé ! » Mickey Mantle vient de réussir un nouveau *home run*. Il s'approche du record de Babe Ruth. Et voici la publicité pour les cigares White Owl… surréaliste.

Nos chemises trempent dans un lavabo rempli d'eau rose. Autre victime : mon visage, quasiment détruit par le soleil et le vent du désert.

Il subit un traitement à base de crème Johnson pour grands brûlés. Joe mâche des cachets d'aspirine pour calmer la douleur.

Quand je pense à ce qui aurait pu se passer… Pourquoi ne pas avoir soudoyé ce type, tout simplement ?

31 juillet-1er août.

Leptis Magna.

Nous avons passé deux journées magiques et deux nuits encore plus magiques dans ce vieux port romain, lieu de naissance de Septime Sévère, premier et unique empereur né en Afrique. Cette ville comptait autrefois 250 000 âmes, nous l'avions aujourd'hui pour nous tout seuls. Miraculeusement préservée, merveilleusement pure dans sa forme ; le contraste entre le théâtre, les temples, les thermes, le forum et la basilique en marbre et une mer aux mille nuances de bleu, du plus clair au mauve le plus profond, est saisissant. L'architecture et l'agencement de la cité, avec ses rues larges bordées de bancs et de statues de marbre, se mêlent harmonieusement à la mer et au désert. Les thermes : dix bassins d'eau chaude ou froide. Gymnases, palestres, toilettes et bains turcs. Forum gigantesque et basilique presque parfaitement conservée. Il paraît que la ville a beaucoup été pillée, mais on ne pourrait pas le deviner. Ceux qui assistaient à des spectacles dans l'immense théâtre devaient être distraits par la vision époustouflante de la mer et du ciel. La fierté de l'Empire a créé chez de nombreux empereurs un désir d'embellissement toujours plus fort.

Le port de pêche est envasé, mais sur les comptoirs en marbre, tout autour, on aperçoit encore les entailles, là où les poissonniers affûtaient leurs couteaux et découpaient leurs prises. Le vieux phare se dresse toujours à l'extrémité de la digue. Il ne faut pas oublier qu'en ce temps-là l'Afrique du Nord n'était pas le désert qu'elle est aujourd'hui, mais le grenier principal de Rome. Éléphants et autres animaux sauvages étaient capturés et expédiés vers le nord pour les jeux du cirque. Le commerce des animaux sauvages était colossal ; ses ramifications s'étendaient dans toute l'Afrique.

J'aurais dû écrire que Joe et moi, Ali et Fatima et leurs trois filles avions la ville pour nous seuls. Ils vivent dans une cabane faite de pierres et de feuilles de palmiers, adossée au mur du théâtre. Aïsha (sept ans), Kinza (cinq ans) et Batoul (deux ans) : trois beautés à la peau brune. Quelle vie elles ont ! Leur pureté parmi la pureté des statues. Leptis est leur cour de récréation. Fatima faisait griller les sardines qu'Ali pêchait le matin. Salade de tomates, de poivrons et d'oignons provenant de leur potager, le thé vert libyen incroyablement revigorant et l'eau-de-vie de figues de Djerba. Fatima nous a donné des sacs de toile remplis de paille pour dormir. Au matin : œufs de leurs poules et du pain d'orge qu'ils font cuire eux-mêmes au feu de bois dans leur four d'argile. Tout cela pour environ 5 dollars. Sans compter leurs personnalités chaleureuses et joyeuses. Des enfants délicieusement curieux que nous emmenons faire des tours de moto au milieu des ruines.

Je pense que cette expérience restera, même sans ce récit. Promenades au clair de lune entre les colonnes majestueuses qui parlent à voix basse d'un empire disparu. Joe est dans son élément : l'antiquité, la démocratie et la littérature, le théâtre surtout, les beaux-arts et l'architecture, une époque où les hommes aimaient les hommes, sans honte ni culpabilité.

> « Enseignez-leur les classiques dans les écoles de village, pas des fadaises ! »
>
> Ezra Pound.

2 août.

Misrata.

(Je ne sais pas exactement où nous sommes. La mer de sable et le ciel sont si vastes, si vides, la route si longue.)

Du sable partout. Des langues dangereuses ondulent sur la route. Si vous ne freinez pas à temps, vous risquez de basculer. Toute une journée sur la moto – 600 km – et, pour finir, un thé relaxant et agréable en compagnie de Libyens encapuchonnés dans une station-service où le vent, le sable, l'obscurité et de l'essence viciée nous ont retenus. Décidément, il y a des moments qui ne peuvent pas s'oublier. Nous hurlons dans le vent notre joie d'être en Afrique. Le paysage magnifique défile : à droite, le désert s'étend à l'infini ; à gauche, la mer (golfe de Syrte) au million de nuances de bleu jusqu'à l'horizon. Quand la chaleur devient intenable, nous nous arrêtons, nous mettons la moto sur la béquille et nous courons dans l'eau.

N.-B. – Il ne faut pas plaisanter avec ce désert. Des kilomètres et des kilomètres souillés par les armées de Rommel et de Montgomery, des milliers de barils d'essence, et parfois un squelette carbonisé de char, de camion ou de véhicule blindé, un morceau de carcasse d'avion. Toute la région est minée. Chaque jour, disent les habitants, une demi-douzaine de chameaux ont les pattes arrachées.

Mais quand la route est longue, le trajet ennuyeux, la fatigue s'immisce. Mon affection pour Joe, j'en ai peur, succombe à l'impatience et à l'égoïsme. Mon respect pour lui ne faiblit pourtant jamais. Assis dans les dunes au bord de la route, nous parlons de ce que nous sommes en train de lire. Ici, sur la route qui mène à Alexandrie, c'est *Le Quatuor d'Alexandrie*. Et Cavafy :

> « Quand tu te rendras à Ithaque, demande à ce que la route soit longue, pleine d'aventures, pleine de leçons. »

Grande question (parmi tant d'autres) : comment mettre à profit ces expériences ? En partant du principe que cette aventure renforcera nos convictions, nos croyances, notre personnalité, etc. Où nous emmène-t-elle véritablement ? Au ministère des Affaires étrangères ? (Non.) Une vie d'agriculteur ? (Exclu.) À l'intérieur ou à l'extérieur de la société ? Quelle société ? Je n'ai plus d'adresse fixe, je n'en veux pas, je n'en ai pas besoin. Nous flottons. L'idée de retrouver ma vie d'avant aux États-Unis m'apparaît comme un concept étranger. C'est inenvisageable. Le mal du pays fiche le camp. Nous avons goûté au lotus, nous ne reviendrons pas en arrière.

Non pas que je n'aime plus ma famille et mes amis ; c'est juste que je ne suis plus capable de réintégrer cette vie si familière. Une vie pleine et libre, voilà ce que veut Joe, dit-il. Une vie débarrassée de l'obsession du monde du travail ; l'important c'est : comment, où et pourquoi vivre ? Quoi qu'il en soit, j'éprouve un puissant désir de créer. Il le faut, nom d'un chien ! Mais de quelle manière ? Où sont les réponses ? Peut-être que, pour l'instant, seules les questions comptent. Si je passe à côté de l'essence de cette expérience, si je n'arrive pas à la percevoir, j'ai l'impression que grâce à ce journal, j'en préserve une partie, qui pourra être réexaminée plus tard. Ces pages confèrent une forme à cette vie informe que nous menons ; cette petite discipline quotidienne me soutient. Ce qui est génial avec un journal, c'est que vous n'avez pas besoin d'inventer, vous enregistrez les moments de votre vie au fur et à mesure.

Dans un autre poste de police au bord de la route, arrêtés par le vent, le sable et l'annonce de fortes tempêtes de sable devant nous, au milieu de nulle part, un ancien abri construit par les Italiens. Joe : « L'architecture italienne en Libye, c'est de la merde fasciste. L'Italie de Mussolini n'a produit qu'un indicateur ferroviaire. Et encore. » Nous étions épuisés et heureux de pouvoir manger du riz à l'espagnole et boire ce thé libyen qui vous monte à la tête. J'ai discuté le coup avec un vieil Arabe qui parlait italien. L'hospitalité élégante, gracieuse, à l'ancienne. Nous avons ôté nos bottes pour nous asseoir sur le tapis. Conformément à la coutume, en tant qu'invités nous avons dîné avant tout le monde. Nous avons appris à manger avec la main droite uniquement, la gauche étant réservée aux ablutions. Nous avons dormi sur le même tapis que nos nouveaux amis et sommes repartis à l'aube. Droit vers le soleil levant.

3 et 4 août.

Benghazi.

Une ville pétrolière, la vie y est encore moins chère qu'à Caracas au Venezuela.

Joe n'est pas dans son assiette ; il souffre de septicémie à la suite de sa blessure. Mais ça nous a porté chance car quand nous nous sommes présentés à l'hôpital de la Mission des Adventistes du 7e Jour, ils ont proposé de nous héberger *tous les deux*, gratuitement. Joe a eu droit à une brassée d'antibiotiques, pendant que je savourais mon lit, les draps propres, la nourriture (végétarienne) et les services de l'hôpital.

Les Adventistes du 7e Jour (malgré leur gentillesse et leur hospitalité) donnent une impression angoissante d'individus confinés dans un monde restreint de préjugés et de croyances qui laisse peu de place à tout ce qui sort du cadre idéologique reconnu.

Les étudiants en médecine allemands : de braves gens. Pour eux, pas d'errance à travers la Libye en quête de vérité. Ils ont effectué un excellent travail de collecte d'insectes.

La moisson du jour : la lycose (tarentule). Des scorpions, orange ou noirs (les couleurs de Princeton). Les noirs sont plus petits, mais plus venimeux. L'horrible araignée à dix pattes, des fourmis, des criquets, des scarabées, mouches et moustiques en tous genres. Mais pas d'abeilles. Pas d'abeilles ? Non. Car dans le Sahara, il n'y a pas de fleurs. Des guêpes, oui. Mais pas d'abeilles.

Nous avons vu des fleurs, des pavots des sables orange et jaunes, pousser sur la plage.

Ici, la plage mesure 3 000 km de long sur 1 500 km de large.

Et nous avons vu sautiller les rats du désert de Montgomery, les gerbilles.

4 août.

Cyrène. Hôtel Magnus.

Ici à Cyrène, les ruines à flanc de colline rappellent à Joe, et à moi aussi, un peu, le Machu Picchu, avec des perspectives qui s'étendent à travers les plaines-plateaux jusqu'aux à-pics, la mer, la fin de la terre. Toutefois, ce méli-mélo grec-romain-byzantin-arabe ne donne pas une image nette de ce qui existait avant. Cf. : la pureté architecturale de Leptis Magna la Romaine.

Demain, c'est mon anniversaire. Je ressens, pour la première fois de ma vie, une sorte de gloire. Une gloire due à cette expérience et à l'*humilité* (encore un mot fétiche de Joe, qu'il répète inlassablement) face à la chance que nous avons de mener la vie que nous menons. Assurément, ce sentiment d'émerveillement doit m'apprendre quelque chose. La stagnation de « l'observation de la Tunisie » s'est dissipée. Maintenant, nous sommes « dedans ».

Cyrène (et son ancien port, Apollonia) se situe dans les montagnes libyennes. L'air y est relativement frais et pur, un changement salutaire après l'enfer du désert. Ça a été une importante colonie grecque, semblable à Paestum dans le sud de l'Italie, qui n'est pas si loin de l'autre côté de la mer. Les cités grecques se sont étendues de manière agressive. Les sites archéologiques, bien qu'impressionnants, ne possèdent pas la pureté architecturale de Leptis. Les couches de civilisations grecque, romaine, du début de l'ère chrétienne et byzantines, empilées les unes sur les autres, stupéfient le visiteur.

Les premiers voyageurs des mers, souvent détournés de leur trajectoire par les vents, installaient une colonie là où ils arrivaient, tout simplement.

La vue de la mer depuis les hauts plateaux est sensationnelle. Joe et moi nous asseyons entre les colonnes au crépuscule et sirotons de la bière fraîche, en ayant l'impression d'être dans une faille spatiotemporelle, autrement dit : au paradis.

Cyrène, écrit Hérodote, a été baptisée ainsi en l'honneur de la jeune fille de la mythologie dont le sport préféré consistait à tuer des lions à mains nues. Ce devait être une sacrée nana. Apollon fut tellement impressionné qu'il l'emmena en Libye (sans doute pour la regarder tuer d'autres lions).

5 août.

Tobrouk. Hôtel Bristol.

Vingt-trois ans aujourd'hui. Il y a un an, j'étais à l'université de Madrid où j'étudiais l'espagnol avant d'aller au Pérou.

À peine diplômé de Princeton, je me suis envolé pour Londres, j'ai acheté une autre Triumph Bonneville 650 cc et roulé jusqu'à Madrid, seul. Je ne me souviens plus combien de fois j'ai frôlé la mort ; je ne sais pas pourquoi je n'ai pas été tué. Pendant deux mois complets, j'ai appris l'espagnol. Le week-end, j'allais à Valence, Barcelone, Segovia et Pampelune, où je courais avec les taureaux. Je me sentais seul et j'ai commencé à fumer des cigarettes pour la première fois de ma vie. Des Lucky Strike, la marque préférée de mon père.

Je me demande où je serai dans un an ; certainement dans un endroit pas très différent de celui-ci.

Cette « mer intérieure » (Med + Tierra) se trouve au cœur de l'Empire romain. Il a rendu possible son approche. Tous les principaux pays lui font face, avec l'Italie au beau milieu. La Grèce, l'Asie Mineure et la Perse à l'est ; la France et l'Espagne à l'ouest ; et toute l'Afrique, de l'Égypte au Maroc au sud. Les distances pourraient être mesurées en centaines, pas en milliers, de kilomètres. On nous parle des légions et des routes qu'elles ont construites, mais Rome était fondamentalement une puissance navale. Sa flotte défendait les routes commerciales menant vers l'Empire, et l'Empire a fait la richesse de Rome.

Tobrouk, connue principalement pour ses cimetières de la Seconde Guerre et ses monuments aux morts, n'est pas une ville désagréable. Totalement isolée par le désert et la mer, elle vous donne l'impression d'être au bord de la terre. Pourquoi les Britanniques l'ont-ils toujours considérée comme stratégique, c'est un mystère. Le port, sans doute. Ils l'ont conservé.

En entrant en ville, nous nous sommes arrêtés à la hauteur d'une Land Rover arborant l'Union Jack, à bord de laquelle des soldats chargeaient des caisses. Nous les avons salués. Ils n'ont pas répondu. Ils parlaient une langue que nous ne comprenions pas.

Le sergent s'est avancé.

« Qu'est-ce que je peux pour vous, les Ricains ?

— Rien. On voulait juste dire bonjour.

— Eh bien, bonjour. On a du boulot. »

Ce devaient être des soldats d'un régiment gallois ou écossais. Incroyable, la façon dont ils ont préservé leur langue celte. Et ils ne sont pas du tout aimables.

El-Alamein.

Rien qu'un horrible désert (rocailleux, cahoteux), parsemé d'imposants et sinistres monuments aux morts allemands ou italiens, avec un immense cimetière britannique. Des milliers de personnes sont mortes en se battant pour un bout de désert inhabitable. Il s'en est fallu de peu pour que Rommel s'empare du Canal.

Mes cheveux blonds. La BMW. Ces soldats à Tobrouk nous ont peut-être pris pour des Allemands.

6 août 1961.

Sollum. L'Égypte maintenant.

Nous nous sommes approchés de la frontière sans trop savoir à quoi nous en tenir au sujet du *carnet de passage* exigé par les Égyptiens, même si notre ambassade à Tripoli nous a assuré qu'il n'y aurait pas de problème.

Les gardes-frontières égyptiens nous ont accueillis avec du melon, du pain, du fromage et des oignons, sans nous poser la moindre question sur la moto. Les gardes-frontières s'amusent bien ! Un véhicule par mois et c'est la fête ! Nous avons passé la nuit dans un magnifique endroit entouré d'à-pics désertiques qui rappellent les côtes péruviennes. Le coiffeur local s'est occupé de nous : il avait travaillé à Brooklyn et parlait un peu l'anglais.

7 et 8 août.

Résidence Dante, Alexandrie.

J'ai passé quatre heures à la douane afin d'obtenir une autorisation pour la moto : 25 dollars qui, m'assure-t-on, me seront restitués quand je quitterai le pays.

La ville ne ressemble en rien à celle décrite par Durrell, que nous avons lu en chemin. Elle est laide, sale, remplie de macs et de voleurs qui vous agressent en permanence et grouillent autour de vous tel un paquet d'anguilles. Je n'ai jamais vu autant de voleurs de ma vie, âgés de 5 à 60 ans. En Égypte, c'est le métier de toute une vie. Ce matin, j'ai surpris un groupe qui essayait de démonter la moto, alors qu'un policier se trouvait à moins de 20 m, le dos tourné. Heureusement, ils n'ont rien pu prendre.

Avant la guerre, quand les Britanniques et les Français tenaient encore les rênes, Alexandrie était une ville cosmopolite et sophistiquée. Les ambassades y avaient leurs résidences d'été. Mais depuis la révolution populaire du 26 juillet 1952, la monochromie égyptienne est partout ; le nid de l'iniquité au Moyen-Orient.

S. Small – Impala Farm
P.O. Box 92, Nanyuki

John Hopkins, Esq.
C/O American Express
Le Caire
Égypte

4 août 1961

Chers John et équipier,

Votre carte de Tunis est arrivée il y a deux jours. Je vous imaginais coincés là-bas quand ça a commencé à barder et je vous avais déjà enterrés !

J'espère que la lettre qui a transité par Lubbock vous est parvenue. Je joins une page qui était restée ici. Nous avons eu un incendie, rien de grave, mais ma correspondance a été chamboulée.

Pour l'amour du ciel, soyez prudents au Soudan. Je viens juste d'apprendre que deux jeunes Américains ont été assassinés dans leur voiture, il y a environ deux mois, alors qu'ils venaient ici. Il existe un moyen de protection très *léger* et non hostile : deux bombes aérosols du type extincteur, qui aveuglent momentanément toute personne discourtoise.

Vous serez bien ici, je l'espère, mais l'Afrique est véritablement en ébullition. Les réfugiés venus du Cameroun arrivent en masse. La Nouvelle-Guinée – en faisant un bond de quelques kilomètres – est en feu ; des chasseurs de têtes descendus des collines avec des peintures de guerre, des lances, des arcs et des flèches, des frondes, envahissent Rabaul, la capitale. Le monde entier semble devenu fou.

Si vous avez de gros problèmes en quittant l'Égypte, envoyez-moi un télégramme.

Major S. Small, R.C.A. c/o Lieutenant Julian Pagett
2e bataillon Coldstream Guards
Gilgil
Kenya

Je pourrai peut-être vous aider, vu que je fais quelques petits boulots pour les angliches, et réussir à parvenir jusqu'à vous. Vous pouvez aussi brûler cette lettre quand vous l'aurez lue.

L'attaché militaire britannique à Khartoum sera averti de votre arrivée. Il s'agit du colonel Hilary Hook, au consulat de Khartoum. Je ne le connais pas très bien, mais c'est l'ami d'amis qui ont envoyé un courrier.

Vous commencez à être très connus maintenant car je passe le mot à toutes les personnes que vous pourriez rencontrer. Je suis sérieux quand je vous propose une maison où vous pourrez rester le temps qu'il vous plaira et aller et venir à votre guise. J'espère que vous avez reçu ma longue lettre « Lubbock » car elle était pleine de combines et de plans.

La vie se déroule assez calmement. De nouvelles élections se profilent. Les sinistres « rites de serments » recommencent. Les rats quittent le navire tous les jours maintenant – on n'emploie désormais ici le mot « rat » qu'avec extrême prudence. Courses, polo, bals, parades militaires, etc. Le drapeau flotte et le Kenya de jadis sombre comme le *Titanic*.

Il y a pas mal de touristes américains ici. Un ancien de Princeton, classe 20, son épouse et une « amie » sont passés aujourd'hui dire bonjour. Des amis d'amis d'amis. Roy Ryan est venu déjeuner lundi. C'est le propriétaire du Mont Kenya Safari Club. Il a fait fortune au Texas et il a continué à amasser de l'argent. Originaire du Minnesota, c'est un véritable personnage à la Sinclair Lewis. La chose la plus cruelle qu'il ait faite, c'est d'amener sa fille de dix-sept ans et une amie de celle-ci. Après le déjeuner, nous sommes allés tirer des oiseaux et nous avons été surpris par un orage. Je ne suis pas prude, mais il était sacrément évident que ces deux filles ne portaient rien d'autre que des polos de tennis Brooks Brothers ; un supplice dans ce pays sans femmes.

Pour ajouter de l'huile sur le feu, il a envoyé le lendemain deux diplômées de Vassar, minces, souples et bronzées ; or, la seule chose pire que l'absence de femmes, c'est *deux* femmes dans une ferme isolée en Afrique.

Kenyatta est sur le point de retrouver sa liberté de mouvements et apparemment, nous aurons droit à d'autres élections autour du mois de novembre, sans doute quand vous arriverez. Le Koweït semble calme pour le moment. J'espère prendre le bateau jusqu'aux États de la Trêve, en Arabie, afin de passer une semaine avec un ami chez les « Scouts », à patrouiller dans le désert, avant de rentrer à la maison via Aden et Bahreïn où sont stationnés plusieurs régiments et où j'ai un tas de vieux copains.

Deux salukis m'attendent dans les États de la Trêve, et j'espère acquérir un faucon ou un aigle pour la chasse. Je ne vois rien de plus intéressant. Je ferai suivre les recommandations du R.A.S.K. [1] sur les routes pour quitter Le Caire dès qu'elles me parviendront. Je vous en prie, si je peux faire quelque chose, dites-le-moi. Il pleut à présent et toutes les activités du domaine sont arrêtées.

Je viens de parler à deux majors des Coldstream qui ont débarqué avec leurs épouses pour une permission. Ils m'ont dit qu'il serait certainement plus prudent de ne pas m'envoyer de télégramme d'Égypte par le biais de l'armée car ils vous catalogueraient comme espions militaires, etc., alors je vous laisse juges. Oubliez le « major », et mettez juste Sam S., Impala, etc. Ça sera plus prudent. Je viens seulement d'y penser !

Sur ce, bonne chance. On dit que Dieu veille sur les fous. Je me réjouis de vous voir très bientôt.

Salut !

Sam.

9 août.

Le Caire. Pension Bonne Nouvelle.

D'Alexandrie, nous avons pris la nouvelle route : lisse et brillante ; les gens aiment bien y dormir. Leurs animaux s'y promènent, s'y couchent, y ruminent et y font la sieste. Les camionneurs roulent au beau milieu, sur la bande blanche, laissant

1. Royal Automobile Society of Kenya.

ainsi deux demi-voies de chaque côté. Zigzaguant entre les hommes et les bêtes, nous pensions avoir laissé le désordre humain et animal derrière nous, et roulions à 100 km/h quand la moto s'est mise à chasser. J'ignorais ce qui se passait, jusqu'à ce que je parvienne à m'arrêter pour descendre et examiner les dégâts. Pneu arrière crevé. Si ç'avait été le pneu avant, avec deux personnes sur la moto plus les bagages, nous aurions pu basculer cul par-dessus tête. Le pneu avant redresse le clou qui se plante dans le pneu arrière, à ce qu'on dit.

Nous avons ouvert la boîte à outils et nous nous sommes mis au travail. Ôté le pneu et sorti la chambre à air. En promenant les mains à l'intérieur du pneu, nous avons trouvé le coupable : un clou brillant comme un sou neuf, que nous avons arraché avec des pinces, avant de poser une rustine sur la chambre à air et de la regonfler. Joe l'a plongée dans un canal tout proche pour voir si elle faisait des bulles. Une heure à s'escrimer et à transpirer, sous 38 ° et 100 % d'humidité, avec des camionneurs égyptiens cinglés qui passaient dans un vacarme d'enfer, penchés à la vitre pour nous crier Dieu sait quelles obscénités.

Première impression du Caire : tout le monde porte des pyjamas, avec l'air endormi et alangui de celui qui sort du lit.

10 août.

Le Caire.

Le Caire est immense (cinquième plus grande ville au monde) et étonnamment moderne et occidentale. Nous sommes accaparés par les visas et autres futilités qui vous font perdre du temps. Premier arrêt : le musée égyptien, gigantesque, qui nécessite de nombreuses visites si on veut tout voir. L'or du tombeau du roi Toutankhamon s'y trouve (des salles et des salles), ainsi que des milliers d'autres reliques. Curieusement, les momies ne sont pas impressionnantes, nous en avons vu de plus belles au Pérou ; elles ne souffrent pas la comparaison avec celles du Museo Nacional de Lima.

Pour citer Hérodote, dans les *Histoires* :

> « Quand meurt l'épouse d'un homme éminent, ou toute autre femme qui a été particulièrement belle ou célèbre, son corps n'est pas remis immédiatement aux embaumeurs. On attend trois ou quatre jours. Le but étant de décourager les embaumeurs d'avoir des rapports sexuels avec elles. »

Nous logeons dans une pension confortable près du Nil, entre l'ambassade américaine et le Hilton. Nous avons nos visas pour le Soudan et projetons de voyager par bateau et train car les routes sont inondées à la saison des pluies. Le billet pour ce trajet de 2 200 km coûte 15 dollars (sur le pont des 3es classes).

Assaillis en permanence par des étudiants et des enseignants qui nous supplient de satisfaire leur curiosité et d'exprimer nos opinions. Pas facile de répondre à des questions du genre :

« Pourquoi les États-Unis soutiennent-ils Israël quand ce pays chasse les Arabes de leurs terres et fait la guerre aux nations arabes ? »

« Pourquoi les Blancs haïssent-ils les Noirs en Amérique ? Les hommes ne sont-ils pas tous égaux ? »

« Pourquoi les États-Unis n'arrivent-ils pas à envoyer un homme dans l'espace comme les Russes ? »

« Pourquoi le Président Kennedy déteste-t-il le docteur Castro ? N'a-t-il pas libéré Cuba du méchant Batista ? »

« Pourquoi les États-Unis attaquent-ils un petit pays comme Cuba ? »

« Pourquoi les États-Unis ont-ils comme alliés la France, la Grande-Bretagne et Israël quand ils attaquent les Égyptiens à Suez en 1956, massacrent les Algériens en Algérie et les Tunisiens sans défense à Bizerte ? »

« Expliquez-nous Berlin, s'il vous plaît. »

11 août.

Debout à 4 heures du matin pour escalader la grande pyramide de Gizeh.

Joe n'est plus le même depuis l'incident de Zuwarah. Non pas tant à cause de la blessure que du choc ; ça l'a vraiment mis K.-O. Pour la dixième fois, je lui jure de ne rien dire. Je ne sais pas pourquoi, mais il ne veut pas que ça s'ébruite. Fierté de Confédéré, peut-être. Il ne veut pas qu'on sache qu'il s'est fait tirer dans le dos.

On nous avait prévenus qu'il était interdit de visiter les pyramides sans un guide. Et encore plus de les escalader, afin de préserver l'intégrité de ces monuments colossaux et intemporels.

Tiré du guide touristique :

> « Les pyramides égyptiennes, généralement en pierre, reposent sur une base carrée. Leurs côtés triangulaires, orientés face aux points cardinaux, s'inclinent selon un angle d'environ 50° et se rejoignent pour former l'apex. Chaque monarque a fait ériger sa propre pyramide, dans laquelle son corps momifié serait protégé éternellement des regards et du sacrilège, et dont la construction a nécessité des années, ainsi qu'une quantité incalculable de matériaux et de travail. Les trois pyramides de Gizeh, qui datent toutes de la 4e dynastie, sont les plus grandes et les plus belles dans leur genre. La grande pyramide de Khoufou, ou de Khéops, est une des Sept Merveilles du monde, et la plus grande pyramide jamais construite. Masse

compacte de blocs de calcaire qui couvre six hectares, elle mesurait initialement 230 mètres de large et s'élevait à 146 mètres.»

D'après Hérodote, Khéops a conduit son pays à la ruine, allant jusqu'à prostituer sa propre fille pour payer une partie de la pyramide (ce qui dut faire de sa fille la putain la plus chère de l'histoire).

La manière dont elle a été construite demeure un mystère. La théorie de la rampe a été rejetée car celle-ci aurait dû mesurer plusieurs kilomètres de long. La description fournie par Hérodote n'est pas claire. Il a écrit que les Égyptiens travaillaient par groupes de cent mille hommes pendant des périodes de trois mois (sans doute la durée des inondations). La pyramide a été édifiée comme un escalier. Ils ont d'abord achevé les parties les plus hautes, puis progressivement celles du dessous, pour finir par les niveaux les plus bas.

Je franchis le Pont du Nil à moto et m'enfonce dans le Sahara. À cette heure, l'air du désert est limpide, frais. On a envie de conduire sans fin. Le soleil commençait juste à enflammer l'horizon à l'est quand j'ai mis pied à terre. Pas âme qui vive aux alentours. Les guides, les gardes, les marchands ambulants et les mendiants dormaient encore. Mais où? Pas une cabane, pas une tente en vue. Ma principale inquiétude, c'était que l'on me vole ou que l'on me confisque la moto pendant que j'étais en haut. Je devais la cacher. Je l'ai poussée derrière un amas de pierres et j'ai mis l'antivol de direction. En espérant qu'il n'y aurait pas de problème, j'ai cherché un moyen de monter en haut de la pyramide. Comment faire ? Ces blocs de calcaire mesuraient presque 2 m de haut, parfois plus. Impossible de les escalader. Finalement, j'ai avisé un chemin étroit qui serpentait au milieu, sans doute emprunté par des millions de visiteurs : des pèlerins, des esclaves, des soldats, des Persans chiites (comme les appelait mon professeur d'histoire ancienne à Hotchkiss, Butch Stearns), Alexandre le Grand, Ptolémée, Howard Carter, Disraeli, Marc-Antoine, le général Kitchener, le jeune Churchill, Hérodote, les Coptes, les Israélites, les Phéniciens, les Grecs, les Romains, Cléopâtre (sans doute pas), César, les Nubiens, Napoléon, Flaubert, T.E. Lawrence, Durrell, Rupert Brooke, Percy Lubbock et autres, depuis environ cinq mille ans.

Alors, je suis monté, telle une chèvre de montagne, en sautant de pierre en pierre, sans perdre de vue la moto qui rapetissait. Je me tenais prêt à redescendre dare-dare si je voyais quelqu'un la toucher ou essayer de la voler. J'aurais dû encourager Joe à m'accompagner pour veiller sur la moto pendant que je gravissais la pyramide. Nous y tenons comme à la prunelle de nos yeux ; elle joue un rôle essentiel dans cette grande aventure.

Plus je montais, plus le désert s'élargissait. Je voyais tout Le Caire, baignée dans la brume des feux de cuisine du petit matin ; et le Nil qui serpentait vers le nord et le sud, avec sa bordure verte de palmiers et les innombrables terrains irrigués.

Je me trouvais dans le berceau de la civilisation ; un berceau délicat et vulnérable, suspendu à un ruban vert, tissé entre la beauté et le néant, le néant et la beauté. Le désert, c'est ça. La pyramide en fait partie. Ses gigantesques pierres ont été taillées et façonnées quelque part dans le désert, et sont arrivées ici en flottant sur ce fragile ruban vert.

Il a fallu vingt ans pour bâtir la Grande Pyramide, qui se compose de 2 300 000 blocs de pierre, pesant chacun deux tonnes et demie. La construction a été réalisée non par des esclaves mais des paysans libres ; et la nation tout entière a été mobilisée. Les pierres ont été déplacées durant les inondations qui surviennent chaque année avec une parfaite régularité et déposent une riche couche de sédiment sur les champs. Il était impossible de continuer à cultiver, mais le transport des charges lourdes, lui, devenait relativement aisé.

Hérodote :

« Quand le Nil recouvre la terre, seules les villes sont visibles au-dessus de l'eau, et elles ne ressemblent à rien autant qu'aux îles de la mer Égée. Le reste de l'Égypte devient une mer ouverte d'où émergent uniquement les villes. Dans ces conditions, les gens empruntent des bacs pour traverser le fleuve, mais aussi la plaine ! »

Un canal a été creusé jusqu'à Gizeh pour transporter les pierres au pied de la Grande Pyramide.

Si les chiffres indiqués ci-dessus sont exacts, et si je sais encore faire des divisions, ces blocs massifs ont été déposés au rythme de 315 par jour ! Près de huit tonnes en travaillant 365 jours par an ! Sans compter les revêtements en calcaire poli. Je doute que l'on puisse en faire autant aujourd'hui, mais ces habiles Égyptiens – que nous avons tendance à nous représenter vêtus de pyjamas, en train de fumer le narguilé, aux côtés de leurs femmes voilées ou enfermées – ont réussi. Seul un dieu a pu mobiliser toute la population. Khéops, j'imagine, n'était autre qu'un dieu.

Un des avantages quand vous escaladez une pyramide à l'agencement géométrique parfait, par rapport, disons, à une montagne ou à un volcan, c'est que vous avez beau monter, vous voyez toujours le sol. La moto, qui avait maintenant la taille et l'aspect d'une fourmi albinos, demeurait cachée et tranquille derrière les éboulis. Les Égyptiens contemporains ronflaient encore dans leurs pyjamas.

Je me félicitais d'être parti tôt. Il m'a fallu environ une heure pour atteindre le sommet ou, plus exactement, l'apex de quatre triangles prenant appui les uns contre les autres, et dont l'ombre, projetée maintenant par le soleil levant, pointait telle une flèche de clocher en direction de New York.

Quel plaisir de s'arrêter et de se reposer. Il faisait frais là-haut. Je transpirais et je me suis assis quelques minutes, au milieu, forcément, de milliers de noms, d'initiales et d'inscriptions gravés par les pèlerins qui m'avaient précédé depuis des milliers d'années. Presque tous des soldats français. Quand Bonaparte a débarqué en 1798, il a amené avec lui non seulement son armée et sa marine, mais aussi des centaines de savants impatients d'explorer les mystères de l'Égypte ancienne. J'étais assis au sommet de ce *grand mystère*. Très joli travail, au marteau et au burin, sans doute fournis par les hommes en pyjamas qui les guidaient jusqu'en haut. Une brise fraîche enveloppait mes épaules pendant que j'inscrivais moi aussi mes initiales et la date dans la pierre, avec le poinçon de mon couteau suisse : infimes et pitoyables entailles qui seraient effacées par la prochaine tempête de sable. Puis je suis redescendu à toutes jambes, inquiet pour la moto. Toujours pas une âme en vue, pas même un chameau.

Quand je suis rentré à l'hôtel, Joe venait juste de se réveiller. Il semblait avoir repris des forces, il était moins pâle et sirotait un verre de jus d'orange. J'avais l'impression d'être allé sur la lune, ou aussi près que l'on pouvait s'en approcher sans quitter le plancher des vaches.

Pour donner une idée de l'ancienneté des pyramides : Cléopâtre (69 avant J.-C. – 30 avant J.-C.) est plus contemporaine de la construction de l'Empire State Building à New York (1930 de notre ère) que de celle de la Grande Pyramide de Gizeh (2680 avant J.-C.).

13 août.

Pension Bonne Nouvelle.

Ce soir, nous sommes allés dans le quartier d'Al Muski, occupé par un marché et un bazar ; un immense labyrinthe de ruelles et d'échoppes où l'odeur du jasmin, mêlée à celle de cent épices, vous enivre. Nous avons vu des numéros d'hommes forts, de cracheurs de feu et de fakirs sur leurs planches à clous. Mais le plus fascinant, c'étaient ces milliers de visages différents aux milliers d'origines différentes, surtout ceux des femmes. Le Caire est plus large d'esprit que le désert, les femmes y sont plus intrépides.

14 août.

L'énergie alcoolisée de Joe est terrible. Chaque verre revient à verser du carburant dans un moteur qui file déjà à vive allure. Hier soir au Bar Safari, il s'est emparé d'un lourd cendrier en pierre avec lequel il s'est mis à cogner sur la table. Les autres clients ont adoré, mais le patron est venu le voir et l'a accusé d'abîmer le matériel ; il a menacé d'appeler la police. À la fin d'une très longue soirée, j'avais l'impression, moralement et mentalement, d'avoir été tabassé à la tête avec un démonte-pneu. Tout cela au nom de l'enthousiasme : avec Joe, apprendre n'est pas sans douleur.

15 août.

Toujours au Caire.

Je viens de finir de relire (la première fois c'était à Princeton quand j'ai rédigé un essai pour le professeur Halpern sur la vente d'armes tchèques) *La Philosophie de la Révolution* de Gamal Abdel Nasser. De toute évidence, cet homme n'est pas un intellectuel ; je ne parviens pas à déceler les simples germes d'une pensée révolutionnaire profonde. Les appels à la révolution américaine et russe étaient bien plus éloquents. C'est avant tout un militaire qui n'a que vaguement conscience du rôle que doivent jouer l'Égypte et le monde musulman. Sa haine des juifs a le don de fasciner ses frères musulmans. Les nazis en fuite ont trouvé un havre de paix ici en Égypte.

Néanmoins, on peut peut-être percevoir dans sa philosophie révolutionnaire plutôt naïve les principes fondamentaux, grossièrement exposés, évoqués par Camus dans *L'Homme révolté* ; il n'invente rien qui n'ait déjà été dit par d'autres philosophes. Nasser insiste sur la nécessité de procéder à des réformes et de ne pas abandonner le combat contre les forces impérialistes sur le sol égyptien. Si Camus affirme que l'élément le plus important de toute révolution, c'est de ne jamais s'éloigner de ses préceptes originaux, alors M. Nasser a fait preuve de sa fidélité en poursuivant jusqu'au bout ses idéaux révolutionnaires. Ce sont cette sincérité et cette foi qui ont rangé de son côté les gens de la R.A.U. et les ont entraînés économiquement, politiquement et socialement depuis le 23 juillet 1952.

Nasser n'est pas un penseur perspicace, mais il a révélé des talents de politicien. Même dans ses habits de dictateur, il favorise sincèrement le progrès et le développement de la R.A.U. et de ses citoyens.

16 août.

Nous sommes allés chercher une pile de courrier au bureau de l'American Express. Ma mère persiste à m'envoyer des faire-part de mariage, et même mon permis de conduire du New Jersey, dans l'espoir, je suppose, de m'inciter à rentrer. Elle énumère les dangers qu'il y a à voyager au Kenya, me supplie de téléphoner, mais cela veut dire faire une queue interminable au bureau de poste. Elle devra se contenter des longues lettres que je lui envoie à chacune de nos grandes étapes pour lui raconter en détail nos aventures.

Nous projetons de quitter Le Caire pour Assouan où nous prendrons un train à vapeur jusqu'à Khartoum. Nous espérons passer encore deux semaines en Égypte afin de visiter les vestiges de la première dynastie en Haute-Égypte, dont une partie sera inondée quand le grand barrage sera achevé. Nous avons des billets à destination d'Assouan pour le 2 septembre, ce qui devrait nous conduire à Khartoum aux environs du 6 septembre. Voilà le plan.

17 août.

Le Caire.

Joe se sent toujours faible et par conséquent, après cette longue, épuisante et chaude, incroyablement chaude, traversée de la Libye, nous nous reposons toujours ici au Caire. Nous avons visité les principaux musées, la grande mosquée, les quartiers juifs et coptes, les marchés. Le Nil Blanc s'avère être le moyen idéal pour explorer les rues bondées et les ruelles étroites de cette ville surpeuplée. Le meilleur moment, c'est le soir : nous veillons jusque tard dans un des innombrables cafés où nous sirotons de la bière ou un de ces fabuleux cocktails de jus de fruits frais, nous grignotons des kebabs d'agneau ou buvons ce café puissant et épais parfumé à la cardamome, en gardant toujours un œil sur la moto et en bavardant avec les curieux.

Voici comment les Égyptiens servent les kebabs d'agneau : Mohammed retire des braises de charbon de bois six brochettes qui grésillent et, tenant la miche de pain ronde dans sa paume comme une manique, il la resserre autour des brochettes qu'il retire alors pour faire tomber les morceaux de viande à l'intérieur du pain ; il saupoudre ensuite le tout de cumin moulu et de sel, vous le tend avec un grand sourire et une petite serviette en papier. Et vous êtes au ciel.

Apprécier la nourriture du pays où l'on se trouve aide à se faire apprécier de ses habitants.

18 août.

Cette vallée du Nil est devenue le creuset de multiples invasions raciales, de provenances si différentes, que l'on distingue peu de caractéristiques indigènes. Une chose est évidente cependant : les Noirs sont des descendants d'esclaves, ou eux-mêmes des esclaves.

D'après Moorehead, les grands esclavagistes d'Afrique n'étaient pas les Portugais ni les Anglais ni les Américains, mais les Arabes. À bord de leurs dhows, ils sillonnaient la côte est de l'Afrique, du golfe Persique à Zanzibar, d'où ils menaient des incursions à l'intérieur du continent noir. Des régions entières de l'Ouganda et du Sud-Soudan ont ainsi été quasiment décimées par leurs violentes activités. Ils retournaient dans le golfe avant la mousson et déchargeaient leur chargement honteux destiné aux maisons et aux harems du Koweït, de Bagdad, de Damas et de Riyad. Sous la pression d'abolitionnistes comme Wilberforce, l'Occident a renoncé à son infâme commerce. Les Arabes, jamais. Certains affirment que cela continue aujourd'hui.

Avec une grosse différence : selon l'islam, quand une esclave donne naissance à un enfant conçu par son maître, cet enfant est la progéniture légitime du maître et accepté comme tel au sein du foyer.

Il existe des quartiers musulmans, juifs, coptes, etc., mais globalement, ils sont tous mêlés et dans Le Caire moderne (en Égypte, « moderne » fait référence aux mille dernières années), les influences turques, grecques et occidentales ont créé un salmigondis de cultures insensé, parfois hilarant. Tout le monde nous témoigne de la sympathie et le Nil Blanc attire les foules comme un vaisseau venu de l'espace. Nous faisons faire un tour à un gamin et une douzaine d'autres veulent y goûter eux aussi.

19 août.

Le communisme athée ne prendra jamais véritablement dans cette partie du monde. Les musulmans adorent leur religion. Ils lui obéissent.

Elle est ancrée dans tous les aspects de la vie quotidienne. Elle confère de la valeur et un sens à des millions de vies très miséreuses. Ces gens n'aiment pas voir leur dieu enseveli dans l'indifférence au fond d'un trou.

De cette confusion culturelle sont nées une profonde allégeance à Nasser, une fierté nationale et, malheureusement, une puissante haine des juifs. Si la politique suivie par la R.A.U. semble hésitante, cela découle probablement de cet assortiment d'individus rassemblés pour la première fois de l'histoire dans une sorte de nationalisme, mais si leur but demeure confus, tous ont foi en l'homme Nasser. D'autres incertitudes émanent du combat pour se débarrasser d'anciennes entraves islamiques qui ne se risquent pas à s'attaquer aux problèmes du XXe siècle, comme la réforme agraire, l'industrialisation, l'évolution sociale et économique, et de l'acceptation timorée de l'Égypte en tant qu'État, pas uniquement en tant que *melting-pot* d'individus et de cultures.

22 août.

Louxor, Hôtel Salaam.

Nous sommes arrivés ici en train, assis toute la nuit dans la chaleur et la poussière, avec le Nil Blanc sanglé au siège derrière nous. Les contrôleurs acceptent, en échange d'un pourboire, l'embarquement de notre moto, que je fais laver et lustrer par mon équipe de gamins, contre quelques pennies. Il n'est pas difficile de la pousser à bord d'un wagon ou dans le compartiment à bagages.

Le voyage depuis Le Caire a été rude. Nous sommes arrivés épuisés, abattu en ce qui me concerne par une de ces fièvres qui nous empoisonnent la vie depuis quinze jours. Louxor, exception faite des colossales antiquités, est une petite ville à l'européenne qui me rappelle certains endroits du Pérou. Mais comme j'ai passé les deux derniers jours au lit, je n'en ai pas vu grand-chose.

23 août.

Salaam = paix.

Louxor. Une ville aux nombreuses nuances, aperçue à travers le brouillard de la fièvre et de la fatigue.

Des chauves-souris grosses comme des canards.

Des balcons dans le style espagnol qui rappellent Yurimaguas, dans la province d'Alto Amazonas au Pérou.

Une ville à dominante copte (70 %). On m'apprend que leur langue est la version moderne la plus proche de celle que parlaient les pharaons.

Certaines questions exigent des réponses, même face aux faits et aux circonstances déroutants. En nous promenant parmi les imposantes colonnes de Karnak, nous nous demandons : où allons-nous exactement ? Nous faisons route vers le cœur vert de l'Afrique. Supposons que nous l'atteignions. Et après ?

Nos options sont les suivantes :

1. En utilisant la ferme de Sam comme base arrière, ainsi qu'il l'a suggéré à plusieurs reprises dans ses lettres, nous explorons l'Afrique-Orientale : le Kenya, l'Ouganda, le Tanganyika.

2. Nous allons vers le sud et nous visitons la Rhodésie, le Mozambique et l'Afrique du Sud, mais après le massacre de Sharpeville l'an dernier, c'est l'option qui nous attire le moins.

3. Nous nous rendons à Mombasa et nous faisons engager sur un cargo à destination de l'Orient.

Le Winter Palace. Nous débarquons pour boire un cocktail, mais trouvons porte close, l'établissement est fermé pour la saison. La chaleur est comme un pilier au milieu de la chambre, que nous devons contourner chaque jour. Nous sommes les seuls touristes en ville.

Les colosses de Memnon. Sans visage à Louxor. Une chose fréquente en Égypte. Les dynasties qui se sont succédé ont saccagé les visages des statues de leurs prédécesseurs pour émasculer leur pouvoir.

Je rencontrai un voyageur venu d'une terre antique
Qui dit : Deux jambes de pierre énormes et sans tronc
Se dressent dans le désert… Près d'elles, dans le sable,
À moitié enfoncé, gît un visage brisé, dont le froncement de sourcils,
La lèvre plissée, et le ricanement de froid commandement
Indiquent que le sculpteur savait bien lire ces passions
Qui survivent encore, gravées sur ces choses sans vie,
À la main qui les imita et au cœur qui les nourrit.
Et sur le piédestal, apparaissent ces mots :
« Mon nom est Ozymandias, Roi des Rois,
Regardez mes œuvres, vous les Puissants, et désespérez ! »
Il ne reste rien à côté. Autour de la ruine
De ce colossal débris, infinis et nus,
Les sables solitaires, égaux, s'étendent loin.

Le fantôme de Shelley me suit depuis Lerici.

24 août.

Islam = paix.

Louxor : la limite de l'Égypte ancienne, elle me rappelle des villes perdues au fin fond de la forêt péruvienne, où des mains espagnoles se sont à peine enfoncées.

Une civilisation entière, la plus importante peut-être dans toute l'histoire humaine attestée par des documents, suspendue à une lamelle de fleuve, un fil vert brillant, donneur de vie. Et si la faille erratique du Continent noir avait fendu l'Afrique d'est en ouest et non du nord au sud ?

Au lieu de serpenter vers la Méditerranée, les eaux du lac Victoria se seraient déversées directement dans l'océan Indien, quelque part près de Mombasa, peut-être. Peu importe l'endroit. L'Égypte serait restée stérile et improductive, comme la Libye. Madagascar serait devenue l'île de Manhattan de l'Afrique.

Nous voilà tous les deux terrassés par la fièvre. Malgré cela, en dépit de la chaleur accablante et des suées débilitantes, nous avons loué des ânes pour visiter la Vallée des Rois, et le tombeau du mystérieux roi Toutankhamon.

Cernée par le désert, la civilisation égyptienne, nourrie par un cordon ombilical vert, a exprimé sa formidable énergie dans la pierre. Si le désert est synonyme de mort, il renferme également l'existence divine. Bon, d'accord, certains d'entre nous sont athées, ou pseudo-athées comme moi, mais promenez-vous dans le désert la nuit, seul, aussi loin que vous l'osez. Retenez votre respiration et vous n'entendrez rien, absolument rien, à part les battements de votre cœur. Pas de susurrement du vent dans les arbres, pas de murmure de la civilisation, pas de cris d'animaux ou de voix humaines. Des étoiles semblables à des fusées éclairantes se répandent à travers les cieux, si denses et si proches que vous avez envie de lever le bras pour les remuer avec vos doigts. Vous êtes seul dans l'univers. S'il y a un Dieu, Il est unique, et Il est silencieux.

Ce n'est pas une coïncidence si les trois grandes religions monothéistes – le judaïsme, le christianisme et l'islam – ont toutes grandi sous le même buisson d'épines, dans le désert, à quelques kilomètres les unes des autres.

25 août.

Assouan.

Grouillante de Russes à cause du barrage.

Température moyenne en août sur 24 heures : (seulement) 42 ° !

Heures d'ensoleillement (quotidiennes) : 12.

Pluies/précipitations : 0.

Jours de pluie : 0.

Distance de Louxor : 215 km.

La fièvre mystérieuse de Joe s'éternise. Il n'est pas en état de supporter un trajet difficile. Nous avons décidé à Louxor qu'il prendrait le train, avec la majeure partie des bagages, tandis que je le suivrais à moto en empruntant une route symbolisée sur la carte par un trait rouge parallèle au Nil, à l'est. D'après notre plan, nous devions nous retrouver à Assouan et attraper, si possible, le bateau qui part le lendemain pour notre prochaine destination, Wadi Halfa, à la frontière entre l'Égypte et le Soudan.

Sur le coup de 6 heures du matin, je l'ai donc mis dans le train avec les bagages (y compris, bêtement, le pneu de rechange) et je me suis arrêté pour prendre un café et un beignet sucré. (Comme au Brésil, le coup de fouet du café égyptien, fort, épais, parfumé à la cardamome, est électrique.) Dans mon sac à dos, deux bouteilles d'eau d'un litre et des citrons – remède ancestral, avait expliqué notre guide dans la Vallée des Rois, contre la soif, bien meilleur que l'eau.

À environ 8 km de Louxor, le trait rouge éclatant sur la carte a disparu. La chaussée goudronnée a pris fin et voilà que je cahotais sur une route de terre défoncée, empruntée avant moi, si je me fiais aux traces dans la poussière, par des chameaux, des chèvres et quelques locaux marchant pieds nus. J'ai continué en évitant les éboulis et les fossés là où la piste semblait avoir été emportée par des inondations. Comment était-ce possible dans un pays où il ne pleuvait pas ? Il y a des milliers d'années peut-être. Le temps est immobile en Égypte. Hier ou avant J.-C., c'est kif-kif. Rien n'indique qu'un autre véhicule soit passé par ici. Seul le Nil Blanc en avait les moyens. Ma carte était une farce, potentiellement mortelle. Je me retrouvais dans le désert absolu. Je n'avais pas peur de me perdre : j'avais le fleuve sur ma droite, à quelques centaines de mètres parfois ou bien simple tremblement vert à 2 km. Repensant à la mise en garde de Sam, je ne m'en approchais pas. Malgré mon envie de me baigner, je ne voulais pas être entraîné dans l'eau par un crocodile ou risquer d'attraper la bilharziose. À ma gauche s'étendait un long escarpement de falaises, regorgeant sans doute de tombes et de trésors.

Tandis que les aiguilles de ma montre se rapprochaient de midi, la température montait en flèche. Je n'ai jamais connu une telle chaleur. Par comparaison, mes souvenirs de Nefta et de Tozeur me paraissent littéralement climatisés. Je n'avais jamais imaginé qu'il puisse faire aussi chaud sur terre. La proximité du fleuve augmentait peut-être le taux d'humidité, rendant la chaleur plus intolérable encore. Avec cette température, vous ne transpirez pas, vous vous évaporez. Je roulais à 30 km/h au maximum, en évitant les pierres et les trous. Je m'inquiétais pour la moto, dont les cylindres en ligne réclament autre chose que cet air surchauffé pour fonctionner sans accroc.

La première crevaison s'est produite vers midi. Je n'étais pas sûr de pouvoir me débrouiller seul. Après avoir mis la moto sur la béquille, j'ai ôté le pneu arrière et repéré l'épine, une saloperie d'au moins 2 cm à l'aspect menaçant. Je l'ai retirée avec les pinces de la trousse à outils, mis une rustine sur la chambre à air que j'ai regonflée. Un des avantages de conduire une BMW : la roue arrière est actionnée par un arbre de transmission et non par une chaîne comme sur les motos anglaises ou italiennes dont il faut régler la tension chaque fois qu'on change le pneu.

Épuisé, je me suis assis sur un rocher et j'ai sucé un citron en me demandant si je devais faire demi-tour. D'après mes calculs, il restait 80 km à parcourir. Devant moi s'étirait ce décor sauvage infini de sable et de pierres, où je risquais de me trouver encore à la fin de la journée. J'étais passé devant la carcasse en décomposition d'un chameau, entourée de traces d'animaux. Des chacals ? Des hyènes ? Pas un palmier ni un acacia en vue. Rien. Je n'avais pas peur, mais j'appréhendais ce qui pouvait arriver. Toutes les parcelles de peau exposées étaient déjà grillées : ma nuque, mes jambes nues sous la culotte de peau. Une fois de plus, le casque était devenu insupportablement lourd et chaud. J'avais noué le bandana autour de ma tête. Mais notre guide avait dit vrai : le citron produit de la salive et étanche la soif. Je les ai tous mangés et j'ai gardé l'eau pour dernier recours.

16 h.

Nouvelle crevaison. Il m'a fallu un long moment pour trouver l'épine, mais impossible alors de localiser le trou dans la chambre à air. Je n'avais d'autre choix que de m'en remettre au fleuve, situé à un peu moins de 1 km à cet endroit. J'étais très inquiet à l'idée d'abandonner ma moto. Certes, je n'avais pas aperçu un seul être vivant durant tout le trajet, mais j'avais la certitude que l'on m'observait. En Afrique, vous êtes toujours observé : un gamin planqué derrière un rocher épie vos moindres mouvements, prêt à bondir pour vous voler à la minute même où vous tournez le dos. Les objets ont la sale manie de se volatiliser. Mais au moins, personne ne pourrait partir avec mon trésor. Il n'y avait plus de roue arrière, la direction était bloquée et j'avais la clé dans ma poche.

Muni de la chambre à air, de la pompe et des rustines, j'ai donc marché vers le Nil. Habituellement, avais-je remarqué, là où les rives sont plates et basses, elles sont irriguées et séparées en petites parcelles où poussent des palmiers et des cultures. Mais à cet endroit, la rive était pentue et j'ai pu descendre jusqu'au bord de l'eau. J'ai ôté mes bottes et me suis rafraîchi les pieds, puis j'ai contemplé longuement ce fleuve qui avait nourri la civilisation durant des milliers d'années. Pas d'arbustes aux alentours, derrière lesquels pourraient se cacher des crocos. À l'instar des piranhas de l'Amazone, ils n'aiment pas les eaux rapides. Ce fleuve qui mesure entre quatre et 800 m de large n'a pas un fort débit, mais il possède un courant inversé parasite le long de la rive, que Huckleberry Finn aurait appelé « l'eau calme », où des felouques peuvent remonter vers l'amont sans qu'il soit besoin de ramer. Toujours personne dans les parages. J'aurais pu rester plus longtemps, mais il était déjà 16 heures passées, la chaleur avait atteint son apogée et j'avais encore un grand nombre de kilomètres à parcourir.

J'ai gonflé la chambre à air, je l'ai plongée dans l'eau et j'ai vu les bulles en crever la surface. Je l'ai séchée et réparée. J'étais las après dix heures de route, si on pouvait employer ce terme. Le trait rouge vif de ma carte s'était réduit à une piste pour animaux de 1 m de large. Il fallait rester vigilant en permanence pour ne pas heurter un éboulis ou s'enfoncer dans un trou.

Ma moto, poussiéreuse, mais toujours rutilante, attendait dans une solitude absolue sur cette terre aride qui avait secouru des millions d'âmes, les fondateurs du monde moderne. Alors que je réparais mon engin, j'ai ressenti une énorme fatigue. Je n'avais rien avalé depuis ce beignet et ce café à Louxor. C'était idiot de ne pas avoir emporté de provisions. J'avais mangé tous les citrons. Sans eux, je pense que je n'aurais pas survécu. Il me restait de l'eau.

Sur le coup de 18 heures, j'ai aperçu des maisons droit devant. C'était comme pénétrer dans un autre univers. Des enfants jouaient dans les rues, des hommes se prélassaient dans des cafés, des femmes lavaient du linge et bavardaient. Je débarquais de l'espace où n'existait aucune autre forme de vie. Le fleuve m'avait guidé durant tout le trajet. Les falaises à l'est m'avaient servi de clôture, mais c'était le fleuve qui m'avait montré le chemin.

À l'hôtel Misrah, où nous étions censés nous retrouver avec Joe, on m'a appris que mon ami était parti à l'hôpital. Je l'ai retrouvé seul dans une grande chambre immaculée, affaibli, découragé, mais à part ça, il allait plutôt bien. Le médecin allemand a décrété que je souffrais d'insolation et m'a installé dans le lit voisin. L'infirmière m'a tendu un verre de jus d'orange, puis j'ai dormi douze heures. Grâce aux citrons, je n'étais pas totalement déshydraté.

27 août.

À bord de l'*Issa* (Jésus en arabe, un prophète mineur au panthéon des musulmans), un ancien bateau à aube sorti des romans de Rudyard Kipling ou de Mark Twain, qui remonte péniblement le courant, puissant en pleine saison des inondations, nous passons devant les temples à moitié engloutis de Philae. Nous avons laissé derrière nous le grand barrage d'Assouan, construit par les Russes à la demande de Nasser. Salué comme un miracle du génie civil, il s'agit néanmoins d'un ouvrage controversé car il empêche le débordement annuel du Nil, qui pendant des millénaires a transporté des sédiments venant enrichir le sol du Delta, élément clé de la prospérité et du pouvoir de l'Égypte ancienne.

Nous avons commis l'erreur de penser que nous pourrions supporter un voyage en troisième classe, en dormant sur le pont, la tête à peine isolée du bourdonnement de l'acier. Nous, plusieurs centaines d'Égyptiens très noirs, des Nubiens et des Soudanais, et trois Allemands au teint pâle en admiration devant la moto.

Nous sommes revenus à la raison. Pour quelques dollars de plus, nous avons émigré à l'étage supérieur, dans une cabine vitrée. La chaleur vous enveloppe, mais nous nous sommes habitués. Quand vous vous réveillez, il fait déjà au moins 30° (plus l'humidité), 38 en milieu d'après-midi, et le soir un agréable 27 climatisé. Assis sur le pont, nous sirotons de la vodka que j'ai achetée à un Russe à Assouan. La glace est fournie par le cuisinier. Bakchich, voilà le mot clé. Il ne veut pas vraiment dire « pourboire », mais plutôt partage, don. Si vous avez plus d'argent que le type qui vous sert, vous lui donnez un petit bonus, en vue d'une meilleure répartition. Un concept typiquement musulman.

Les rives du lac Nasser sont étrangement nues et désertiques. Rien à voir avec la Vallée du Nil qui grouille de vie sous les cataractes ; il n'y a personne par ici. On dit que des milliers de Nubiens ont été déplacés de force afin de laisser la place à la montée des eaux. Maintenant, ils vivent quelque part dans le désert, sans toit, abandonnés, souffrant de la famine.

28 août.

Une expérience inoubliable : à 3 heures du matin, arrêt à Abou Simbel. (Statues colossales taillées dans la paroi d'une montagne.) Visite à la lumière des flambeaux et de la lune. Impossible de décrire l'effet irréel et inquiétant produit par ces sculptures monumentales (de 15 à 18 m de haut) qui nous toisent. Elles sont menacées par l'eau du lac Nasser qui ne cesse de monter et l'on évoque un projet consistant à les transporter au sommet de la montagne. Difficile d'imaginer comment. Mais nous avons eu le privilège de les admirer, comme des millions d'autres personnes avant nous, c'est-à-dire avant que Thomas Edison invente l'ampoule électrique, avec un guide et un flambeau. Dans la galerie au-dessous : bas-reliefs, sculptures et hiéroglyphes. Expérience mystérieuse, étrange, hors du temps.

29 août.

Wadi Halfa. Soudan.

Un de ces malheureux Allemands est frappé par la typhoïde. Il est malade depuis trois semaines et n'a rien dit, sans doute de peur qu'on lui interdise d'embarquer, ou même qu'on le jette aux crocodiles. Pauvre gars, il a l'air à moitié mort ; il est squelettique et jaune. Conséquence, notre bateau a été placé en quarantaine pendant plusieurs heures, le temps que tout le monde se fasse vacciner. Ayant déjà nos vaccins à jour, nous avons été épargnés, mais nous avons dû attendre que les autres se fassent piquer. Pendant ce temps, le Desert Express, dont l'antique moteur haletait et soufflait, attendait impatiemment que l'on embarque.

Le train traverse le désert de Nubie, un des plus désolés de la planète. On peut également le traverser en jeep et en camion, mais uniquement en convoi de trois véhicules au minimum. Impossible en moto, évidemment. Il n'y a aucune route, uniquement une piste qui suit la voie ferrée. Nous retrouvons le groupe de Britanniques joyeux que nous avons croisés sur les quais à Tunis. Énorme Land Rover avec une galerie, des sangles de désensablage, des jerrycans d'essence et d'eau, une antenne, etc. Cela fait *deux semaines* qu'ils attendent dans cet avant-poste paumé l'arrivée d'autres véhicules pour constituer le convoi obligatoire. Pas de wagon à plate-forme dans ce train. Nous avons gaiement poussé le Nil Blanc à bord d'un compartiment, pour le coincer entre deux sièges ; nos amis britanniques sont presque carbonisés par le soleil du désert. Nous avons alors entrepris un des voyages les plus atroces que l'on puisse imaginer.

Difficile de décrire l'inconfort de ce trajet ferroviaire à travers la Nubie à bord du Desert Express. Nous voyagions en « première classe », ayant découvert que le billet ne coûtait que quelques dollars de plus. Nous avons passé tout le temps assis sur des bancs en bois, épuisés, mais incapables de dormir. La poussière fine qui s'insinue dans chaque interstice est devenue un brouillard corrosif tourbillonnant. Je *voyais* littéralement ce que je respirais. Asthmatique, je sentais la poussière envelopper mes poumons.

En quête d'un peu d'air frais, je suis descendu du train en pleine nuit au cours d'un de ces innombrables arrêts au milieu de nulle part et j'ai marché vers la locomotive. Le mécanicien et le chauffeur, dont les visages d'un noir d'ébène étaient encore assombris par la nature de leur métier, m'ont accueilli à bord. Comment des dents peuvent-elles être si blanches? Sans doute le contraste. Jamais vu des gens aussi noirs. Je jure qu'ils sont plus que noirs. Ils sont noir-bleu, comme leur charbon. Leurs sourires radieux et accueillants m'ont fait oublier la poussière.

En Afrique, les sourires d'ivoire font chanter le continent. Nous sommes horrifiés par la violence, la barbarie et la pauvreté, mais que sont leurs faibles combats comparés aux deux guerres mondiales et à la bombe? Si Dieu est vivant quelque part sur cette terre, Il vit dans le cœur des Africains, des Sud-Américains et de tous les autres individus qui habitent dans des endroits soi-disant oubliés de Dieu et qualifiés, avec suffisance, de tiers-monde. D'ailleurs, la plupart des guerres africaines ont été préparées à l'intérieur de conseils d'administration, en Europe.

J'ai passé le restant de la nuit avec mes compagnons tandis que notre train traversait le désert à la vitesse d'un roulement de tonnerre (à 30 km/h). Telle une bête de somme obstinée mais puissante, l'antique moteur (anglais, évidemment, sans doute de la même génération que ceux qui font encore franchir les Andes à des trains remplis d'Indiens) était encouragé à coups de grosses clés, mais il fallait également actionner des poignées et opérer de fins réglages. Ce moteur ne fonctionnait pas à vitesse constante, il s'emballait, jusqu'à ce que la voie ferrée oblique dans le sable ; à ce moment-là, il recevait un violent coup de clé pour l'obliger à ralentir. Un réveil d'une autre époque, accroché à une ficelle, pendait autour du cou du mécanicien ; un bloc de roche dans le désert ou une case de boue séchée lui servaient de repère.

Je maniai la pelle à mon tour pour lancer du charbon dans la chaudière ardente. C'était gratifiant de pouvoir aider, de participer. Je crois qu'ils avaient compris ce besoin. Je ne pouvais ni entendre ni parler à cause du vacarme. Quand je suis redescendu de la locomotive, à l'aube, noir de suie et de charbon, et que j'ai regagné en titubant mon wagon poussiéreux, j'avais l'impression de revenir du paradis ou de l'enfer, je n'aurais su le dire. Les deux, peut-être.

30 août.

Khartoum.

Nous sommes enfin arrivés, couverts de poussière et quasiment muets de fatigue après trente heures sans dormir sur les bancs en bois des premières classes du Desert Express.

Les rues de Khartoum sont paisibles, il y a des arbres, les maisons sont séparées par des jardins et le fleuve est plus petit, plus intime qu'au Caire. Les Soudanais, grands, noirs et élégants semblent, non pas marcher, mais flotter dans leurs robes couleur ivoire. Nous voici en Afrique – pauvre, lente et calme – à mille lieues des bazars frénétiques d'Égypte.

Nous avons frappé à la porte du colonel Hilary Hook, ami de Sam, l'attaché militaire britannique. Il a paru surpris en voyant la moto. Quand nous lui avons expliqué que nous l'avions mise dans le train pour traverser le désert nubien, il a eu l'air de mieux comprendre.

Il nous a accueillis chaleureusement. Un Soudanais en robe blanche, qui se déplaçait pieds nus et sans bruit, nous a apporté du whisky avec des glaçons et de l'eau de Seltz. En Afrique, les contrastes sont terribles. À la fin, vous vous demandez : qu'est-ce qui était mieux, les épreuves ou le soulagement ? La réponse est : ni l'un ni l'autre. Ou les deux. L'un définit l'autre. Ensemble, ils rendent l'aventure inoubliable.

Le colonel Hook, qui semble avoir passé la majeure partie de son existence sous une tente dans la jungle et le désert, en Asie et en Afrique, se languit de cette vie en plein air. Il se plaint de la vie mondaine trépidante que lui impose son rôle d'attaché militaire. Il enchaîne les cocktails et les dîners.

Notre expérience, limitée à côté de la sienne, ou ce que nous en attendons, dépasse un peu son entendement. Tout comme nous échappe sa grande expérience à lui, dans un monde (l'Empire britannique) en train de disparaître alors que j'écris ces lignes.

Nous avons trinqué : à l'expérience !

Mrs Hook a grandi à Nanyuki au Kenya. Le colonel et elle s'y sont mariés. Le frère du colonel y vit désormais. Tous les deux connaissent Sam ; c'est un gars bien, disent-ils ; ils disent aussi qu'il n'y a aucun problème de sécurité au Kenya. Tout est calme, on ne signale aucune violence. L'époque du Mau-Mau est terminée.

Ma mère sera ravie de l'apprendre. Je la supplie d'ouvrir les invitations qui me sont destinées, d'y répondre et de me raconter les mariages et le reste, plutôt que de se contenter de me les faire suivre.

1er septembre.

Il semblerait que je sois de nouveau atteint par cette mystérieuse fièvre (bénigne), aggravée par la chaleur oppressante. Joe a des ganglions et nous manquons d'énergie lui et moi. Quoi qu'il en soit, quelques heures après notre arrivée ici, nous nous retrouvons en train de serrer la main de M. Ibrahim Abboud, le Premier ministre, au cours d'un match de polo. (Le polo est une des passions du colonel Hook.) Nous faisons également la connaissance des Moore, l'ambassadeur américain et son épouse, et de divers autres dignitaires et officiels, qui jouent au polo ensemble. Les hommes uniquement ; les femmes regardent, comme nous.

À Princeton, Joe était membre du Polo Club de l'université. Il a gardé un souvenir très net de J. Robert Oppenheimer, le père du Projet Manhattan qui a créé la première bombe atomique ; il s'était rendu chez lui pour collecter des fonds destinés au club, alors qu'il se préparait un de ses dry martinis. Joe se souvient également d'Albert Einstein, nébuleux, arpentant les allées du campus.

L'Institut des études avancées de Princeton, dirigé par Oppenheimer, offre un refuge aux plus éminents scientifiques, écrivains et intellectuels du monde entier. Beaucoup, comme Einstein, von Neumann et Thomas Mann (*La Montagne magique* !) étaient des réfugiés ayant fui l'Europe ravagée par la guerre. Ainsi que George Kennan, ex-ambassadeur à Moscou, auteur de la prétendue « Politique d'endiguement » à l'égard de l'Union soviétique, que nous avons rencontré à notre retour du Pérou.

Oppenheimer a fait un don de 50 dollars.

Le terrain de polo de Khartoum, comme Bourbon Street à La Nouvelle-Orléans, est l'endroit où Blancs et Noirs se retrouvent. Mais on a le sentiment que les deux races n'aimeraient pas rester enfermées ensemble très longtemps.

Je le répète, les Soudanais sont les gens les plus noirs que j'ai jamais vus : bleu-noir, plus noir que noir, quelques-uns ont même l'éclat d'une forme exotique d'anthracite. Presque tous, y compris le Premier ministre, portent des marques tribales sur les tempes et les joues, de différentes longueurs en fonction des coutumes de leurs tribus. Certaines de ces entailles, profondes, sont devenues de larges cicatrices.

Dimanche 3 septembre 1961.

Khartoum.

Nous nous sommes fait ausculter tous les deux par le meilleur médecin de la ville, un Grec, recommandé par le colonel Hook. Aucune trace de malaria, bilharziose ou autre microbe dans notre sang. Ces fièvres demeurent donc un mystère. Le médecin appelle ça « la fièvre africaine » ; un truc qu'on attrape et qui disparaît quand on repart. Et c'est le meilleur médecin de Khartoum. Il pourrait s'agir de vers.

Le Nil Blanc tourne toujours à la perfection. Nous n'aurions pas pu trouver de meilleur moyen de locomotion. Quand ça se corse, on le charge à bord d'un bateau ou d'un train, le problème est réglé. Avec les jeeps, les voitures ordinaires, etc., c'est plus aléatoire car dans de nombreux pays d'Afrique (au Soudan, par exemple) où il est recommandé de voyager par groupes de deux ou trois voitures, on est tributaire des autres. Sans compter la difficulté d'installer un gros véhicule sur un bateau ou dans un train. Nous avons revu nos amis anglais. Ils sont enfin arrivés. Ils ont dépensé 300 dollars en frais de transport. Nous, 20 dollars. En vérité, il y a tout un groupe qui remonte le Nil : des Danois, des Allemands, des Anglais. Et nous. Jusqu'à présent, nous avons réussi à faire un bon voyage parce que : 1) nous n'avons pas de planning et 2) la moto nous offre flexibilité et liberté.

4 septembre.

Ma carte du Soudan montre un pays grand comme l'Europe. Les excursions dans le sud sont limitées à cause du côté primitif des tribus et nous devons obtenir des laissez-passer spéciaux. Le sud est massivement chrétien ; le nord entièrement musulman. Entre les deux, il y a le pétrole, source d'une lutte interminable, souvent brutale. Voici un pays très intéressant sur le plan anthropologique. Certaines études se sont penchées sur les tribus du sud dont le mode de vie n'a pas changé depuis des siècles. Pendant ce temps, l'affrontement sans fin se poursuit entre Noirs et (presque) Blancs. La chrétienté contre l'islam. Tout ça pour l'or noir.

Le colonel Hook nous a trouvé un logement à l'école de médecine de l'Université de Khartoum.

Par ailleurs, il nous a envoyés chez Niko, un agréable café situé en bordure du fleuve, où la brise du soir venue de l'eau nous rafraîchit après cette longue journée torride.

Niko, encore un Grec, sert du poulet grillé au feu de bois, dur mais savoureux, que vous trempez dans une sauce pimentée, des frites et de la Heineken glacée, tout ça pour 2 ou 3 dollars. Il est content de nous voir car notre moto ne manque pas d'attirer les badauds et cela lui fait plus de clients.

Le Nil Blanc annonce notre arrivée. On est repérés à Khartoum. Les gens n'ont jamais vu d'engin semblable. Ceux qui savent lire approuvent le surnom.

Niko prend notre commande pendant que la table voisine de la nôtre se remplit d'étudiants de l'université. Ils boivent du Coca ou des jus de fruits, pendant que nous serrons les bouteilles de bière glacée dans nos mains reconnaissantes. Ils sont impatients d'utiliser leur anglais et d'exprimer leurs opinions politiques.

5 septembre.

Université de Khartoum.

La situation désespérée du Syndicat des étudiants est sans doute caractéristique du rôle que jouent ceux-ci dans la politique au Moyen-Orient et peut-être dans d'autres pays sous-développés à travers le monde. Mais il existe des particularités : la junte militaire actuelle interdit les partis d'opposition. Dans le sud, les prisons sont pleines de prisonniers politiques venant du nord. Le Syndicat des étudiants représente l'élite éduquée de la nouvelle génération qui gouvernera un jour le Soudan. Bien que divisé en factions, le Syndicat est uni dans son opposition au régime actuel. Toutefois, la rébellion des étudiants est compromise par le fait que très peu d'entre eux ont une réelle connaissance de leur propre pays. À vrai dire, ils en sont presque totalement ignorants.

Le Soudan a beau être dix fois plus grand que la Grande-Bretagne, je n'ai pas encore rencontré un seul étudiant qui ait voyagé en dehors de la capitale.

Le Syndicat incarne donc un semblant de résistance, mais toute forme d'opposition étant interdite, le gouvernement ne reconnaît pas son existence. Il le considère comme un adversaire provocant et dangereux, qu'il ne peut pas pour autant ignorer. Alors, il tente de l'affaiblir en ne le reconnaissant pas (cf. : la position des États-Unis envers la Chine communiste).

Les positions défendues par le Syndicat des étudiants étant foncièrement incompatibles avec celles du gouvernement, l'alternative serait d'entrer dans la clandestinité et de fomenter un soulèvement populaire afin de renverser Abboud et sa junte.

D'un autre côté, le gouvernement a besoin de coopérer avec les étudiants car l'avenir du pays réside en eux, et les ministres tiennent à ce que l'université reste un lieu d'échanges d'idées et de discussions sans barrières. En outre, les étudiants aimeraient bien un peu de compréhension de la part du gouvernement et/ou des contacts. Hélas, ils sont dépourvus d'idéaux et d'idées. Conclusion, le Syndicat n'a plus qu'une seule voie : œuvrer pour la révolution totale. Cela ne transparaît guère chez ces jeunes gens alanguis coiffés de leurs bonnets blancs et vêtus de leurs robes ivoire qui sirotent du thé et jouent au parcheesi. Mais nous sommes en Afrique. Les gens ont leur propre rythme. À l'image du fleuve qui coule inlassablement, les choses bougent petit à petit, lentement.

Je le répète : les étudiants ignorent presque tout de leur propre pays. Ils n'aiment pas en parler. Nous leur annonçons que nous nous rendons à Juba. Ils ne savent pas très bien où ça se trouve. (En fait, c'est à la frontière avec l'Ouganda.) On dirait que ce qui se passe en dehors de Khartoum ne les intéresse pas.

M. Abboud semble faire du bon travail. Autour du terrain de polo, où nous serrons des mains, il dégage du charisme et du charme. (Comme tous les dictateurs : Hitler, Mussolini et même Franco.) Le colonel Hook affirme que le Premier ministre consacre toute son attention à son pays. Il est rare que les dictateurs de seconde zone comme lui se fassent entendre dans les forums internationaux, mais il est actuellement à Belgrade. Hassan Beshira, que nous avons également rencontré, est un militaire courtois et *l'éminence grise** du gouvernement, apparemment. Il m'a fait l'impression d'un homme digne et simple, à l'instar de son gouvernement.

Celui-ci se dit apolitique et déclare ne pas pratiquer la ségrégation raciale. Les musulmans « blancs », comme on les appelle, dirigent le nord et possèdent tous les pouvoirs. Le sud « noir » est chrétien grâce, ou pas, aux efforts des missionnaires britanniques. Personne ne fait attention aux Noirs, qu'on considère comme inférieurs ; le problème, c'est qu'ils vivent là où se trouve le pétrole.

7 septembre.

Kosti.

Nous avons pris le train de nuit jusqu'à Kosti. Bien que voyageant en première classe dans un compartiment confortable, nous avons été trempés par la pluie qui traversait le toit. (Quand il pleut, le train s'arrête, à cause des sables mouvants ou de la boue qui se forme sous les rails.) La pluie est tombée pendant cinq heures et, logique africaine oblige, nous sommes arrivés avec cinq heures de retard. À Kosti, le bateau nous attendait.

C'est à Khartoum que le fleuve se scinde. Le Nil Bleu descend des hauts plateaux éthiopiens où il prend sa source et le Nil Blanc coule plein sud, à travers une zone marécageuse aussi étendue que la Grande-Bretagne, le Sud, ennemi juré des explorateurs victoriens, depuis sa source qui est, comme l'a vérifié Speke, le lac Victoria.

Pas d'éducation pour les femmes ; on ne peut pas s'empêcher de s'en offusquer. La cuisine, la chambre à coucher et le voile. L'islam traditionnel porte des œillères qui le poussent à dévaloriser les femmes. La moitié de la population n'a pas le droit de prendre part activement à l'éducation, la justice, la médecine, le commerce et à d'autres domaines qui pourraient aider leur nation à prospérer.

Tant que cette tradition persistera, l'islam restera arriéré. Nous n'aurions jamais entendu parler de la plupart de ces pays s'ils ne possédaient pas de pétrole. Et quand le pétrole se sera tari, qui recollera les morceaux ? Les femmes.

Nous avons poussé la moto à bord du *Marra* et l'avons fixée à une balustrade en fer avec une corde. J'ai donné de l'argent à un gamin pour la surveiller, puis nous nous sommes rendus dans notre cabine sur le pont supérieur.

« Oui, mastah, je dormirai à côté. Je surveillerai cette merveille jour et nuit. »

Un voyage de deux semaines nous attend jusqu'à Juba dans le sud du Soudan. La différence de prix entre la première classe et dormir sur le pont est infime. Résultat, nous avons une cabine vitrée, deux lits plus des toilettes et des moustiquaires. Et un bureau à l'extérieur pour écrire !

Le *Marra* n'est pas un seul navire, mais six : deux barges attachées par des cordes et des câbles de chaque côté du bateau, où s'entasse du bois pour la chaudière, plus trois autres devant, chargées de marchandises, de véhicules et d'environ deux cents Soudanais à divers stades de nudité admirable. (Des hommes uniquement.) Je continue d'être fasciné par leurs physiques sculpturaux : pas étonnant que leurs frères en Amérique soient champions olympiques. Il y a aussi nos « copains » anglais et leur puissante Land Rover. L'un d'eux, terrassé par une méningite cérébrospinale, est resté à Khartoum dans un brouillard de pénicilline et d'atroces souffrances.

Le gros bateau à aube remonte le courant, vers les marécages. Une hélice, m'explique-t-on, avec toutes les herbes qui se trouvent dans l'eau, serait vite bloquée.

8 septembre 1961.

Nous voici enfin sur le Nil Blanc. (Cette partie du Nil porte le nom de Bahr el-Abiad.)

Toute la nuit, le *wash-wash-wash* de la roue. Maintenant, nous connaissons Huckleberry Finn. Et Tom Sawyer. Et Jim.

Un violent orage nous a bombardés de pluie et de grêle ; ce matin, il fait relativement frais, sous un ciel d'étain. Au-delà des berges arides, le sol est plat comme une table de billard, beige. Parfois, quelques acacias parsèment l'horizon. Des bateaux de pêche à voile latine remontent sans peine le courant dans « l'eau calme ». Leurs grands occupants noirs, dans leurs robes légères, nous sourient et nous font des signes ; au Soudan, tout le monde vous sourit et vous fait des signes.

Nous avons acheté des livres, de l'alcool et de quoi écrire pour occuper les longues heures à venir.

Joe aime avec ferveur ; vous lui appartenez, du moins le croit-il, et il estime que son amour est une bénédiction dont vous devriez lui être reconnaissant. Il estime également de son devoir de vous flageller, de vous dire quel salopard insignifiant, gâté et quasi illettré vous êtes. Ces harangues avinées ont lieu généralement entre 2 et 4 heures du matin, de préférence dans un bar miteux à l'étranger (Lima, Rome, Le Caire, Khartoum) où personne n'entendra, ne comprendra ni ne se souciera de ce que vous dites.

Il choisit les moments où vous êtes le plus faible, le plus vulnérable. Quand il en a fini avec vous, vous êtes sorti du marécage, des égouts ou de je ne sais quel bourbier dans lequel il vous a plongé au départ, pour à la fin vous hisser au sommet de la montagne où vous respirez l'air frais et pouvez contempler éternellement toutes les possibilités de votre brillante carrière.

Le procédé peut paraître impitoyable, il ne l'est pas. C'est sa façon d'exprimer son dévouement. Il vous met sur la croix, il vous plante des clous dans les mains et les pieds, mais à la fin, il vous décroche, vivant. Vous souffrez comme un chien, de tout votre être, pourtant vous êtes toujours en vie, plus que vous ne l'avez jamais été. Peu à peu, il vous ressuscite.

« Tu n'es pas si nul, finalement : tu as un potentiel immense, peut-être même du talent. » Comme une sorte de catharsis, au cours de laquelle il vous fait subir l'épreuve qui consiste à apprendre sur vous des choses que vous ne vouliez pas savoir, que vous jugiez superflues, ou dont vous ignoriez l'existence. C'est un pas vers la connaissance de soi, un pas douloureux.

9 septembre.

Sur le bateau.

Plus vous découvrez le monde, je parle ici de cette partie du monde (l'Afrique et l'Amérique du Sud), plus vous êtes stupéfait par sa magnificence, ébahi par sa beauté élémentaire, et plus vous découvrez que vous ne le comprenez pas. Ici résident les mystères les plus profonds de l'humanité. Ce monde brut ne devrait pas être considéré comme un défi qu'il faut dompter ou conquérir, mais comme quelque chose de totalement original.

La crise de Fachoda de 1898 (d'après Moorehead) :

> Vers la fin du XIXe siècle, la Grande-Bretagne cherchait à établir une bande de territoire ininterrompue entre Le Cap et Le Caire. La France souhaitait relier par voie de terre la mer Rouge à l'Atlantique et confia cette mission à J.-B. Marchand qui partit de Brazzaville en mai 1897 avec une petite armée. Après avoir traversé plus de 3000 kilomètres de jungle inexplorée, Marchand atteignit Fachoda, au bord du Nil (où nous sommes), dans le sud du Soudan, le 10 juillet 1898. Il était attendu par une expédition franco-éthiopienne venue de l'est. Pendant ce temps, les forces anglo-égyptiennes du général Kitchener avaient vaincu les Mahdistes dans le nord du Soudan. Ayant eu vent de l'entreprise des Français, Kitchener entraîna ses forces vers l'amont, jusqu'à Fachoda et, malgré la présence de Marchand, il revendiqua la ville au nom de l'Égypte. Le gouvernement français résista quelque temps, puis, craignant la guerre, ordonna à son contingent de se retirer en mars 1899. La France renonça à ses prétentions sur la zone nord

du Nil et accepta, en guise de compensation, une partie du Sahara.

Hadj, le capitaine, nous a montré l'emplacement du camp français sur la rive. Il n'en reste que deux ou trois cabanes à moitié dissimulées par les broussailles. Marchand est arrivé du Congo à pied ; Kitchener a fait remonter le Nil à sa flottille pour le contrer. Cet épisode représente le summum absurde de l'hystérie victorienne autour de l'expansion territoriale en Afrique ; un bout de terres marécageuses a failli déclencher une guerre entre les grandes puissances. Difficile à concevoir. Personne n'en veut plus aujourd'hui.

10 septembre.

Malakal.

Grandes herbes dans l'eau. Nous approchons du Sud (un marécage aussi grand que la Grande-Bretagne – sinon plus grand).

Je n'arrive pas à comprendre, je n'en ai même pas envie, le zèle évangélique qui anime les missionnaires, ce qui les pousse à demeurer si longtemps dans ce coin perdu, avec l'espoir de convertir des prétendus sauvages à la foi chrétienne. Les éduquer (très bien), les soigner (très bien), tout cela a un sens, je suppose. Mais fournir de tels efforts pour engendrer quelques chrétiens approximatifs me semble vain et peut-être destructeur. Ils ne réussissent qu'à les isoler d'une culture plus que millénaire. Quant à habiller ces jeunes filles nues... autant jeter un manteau sur un léopard.

Aujourd'hui, nous avons vu les nobles Sheelus (je l'écris phonétiquement), une tribu jugée si primitive et barbare par le gouvernement (et donc si embarrassante) qu'il n'est pas permis de la photographier.

Un campement nocturne typique : une dizaine de canoës creusés dans des troncs disposés en rayons autour d'un monticule central qui sort de l'eau, formé avec la vase environnante. Sur ce monticule, un feu brûle. Au-dessus des flammes, un animal quelconque cuit à la broche. Autour du monticule sont rassemblés les Sheelus, dans l'eau jusqu'aux genoux et tous (à 99,9 %) nus. Ces grands et minces guerriers, certains tenant des lances, côtoient des jeunes femmes aux seins pointus et dressés, vêtues uniquement d'un minuscule string pour cacher le pubis. Les pénis pendent, longs et mous, entre des cuisses glabres et brillantes. De toute évidence, la proximité des corps de femmes nus n'excite pas ces guerriers, à moins que les codes tribaux interdisent les rapports sexuels avant le dîner, ou que la jeune femme à votre côté soit votre petite sœur. Avec des corps pareils, on s'attendrait à ce qu'ils ne pensent qu'à faire l'amour.

11 septembre.

Nous voguons maintenant sur la partie du Nil baptisée Bahr el-Djebel, la mer de la Montagne. Le Bahr el-Ghazal, la mer des Gazelles, afflue du désert à l'ouest, là où vivent les gazelles.

On ne peut pas imaginer un endroit plus morne que le Sud : ce n'est qu'un vaste marécage de papyrus qui s'étend à perte de vue ou de jumelles. Notre Nil n'est plus un fleuve, mais un canal d'à peine 50 m de large (souvent beaucoup moins), étouffé par d'épaisses et lourdes herbes flottantes, mais qui parvient quand même à couler. En quête d'une eau profonde insaisissable, le *Marra* s'échoue constamment, c'est-à-dire qu'il rebondit contre ces immenses îles végétales mouvantes. Conséquence, nous nous arrêtons sans cesse pour faire marche arrière, ce qui rend le voyage encore plus long et fatigant. La lente progression du vapeur et la monotonie du paysage vous plongent dans un ennui amazonien à devenir fou. Tout est une corvée : lire, manger, se laver, faire de l'exercice. Vous transpirez en permanence. Les activités quotidiennes s'effectuent sur un rythme ralenti et inexorable. À l'instar de ce vieux rafiot, les jours avancent tant bien que mal. Ma seule vengeance est ce journal, dans lequel je peux noter combien tout cela est horrible.

En Amérique du Sud, j'ai appris que la forêt tropicale et les marécages sont des environnements surfaits. Peut-être pas pour le scientifique, mais pour Monsieur Tout-le-monde : monotones, monochromatiques, monolithiques, monosyllabiques, monotout. Voici ce dont souffre Joe, à mon avis : la monose.

Le Sud n'est fait ni pour les bêtes ni pour les humains. Habité par les oiseaux (des millions), les crocodiles (indénombrables) et les insectes (une foultitude), ce n'est qu'une masse de végétation terne, verte, dense et humide. Mais on y trouve des images stupéfiantes : deux jeunes femmes nues à la posture exquise debout dans un frêle canoë. Elles lancent avec dextérité des filets circulaires et lestés, et les ressortent grouillants de poissons brillants. Leurs sourires irradient à la surface de l'eau. Dire que les missionnaires veulent vêtir ces gens.

Les papyrus atteignent par endroits de 6 à 9 m ; il est souvent impossible de voir au-delà, même du pont supérieur. Cela renforce l'impression de claustrophobie et d'inertie. De temps en temps, on aperçoit des arbres qui parviennent, on ne sait comment, à se dresser au milieu de cet océan de végétation pourrissante. Un vaste tapis brun-vert de roseaux et d'herbes. Le ciel brille d'un éclat terne, comme le fond d'une assiette en fer-blanc. Quand le soleil fait son apparition, il vous écrase. L'humidité avoisine celle de New York en plein été.

Quelle a dû être la souffrance de l'explorateur Samuel W. Baker quand il lui a fallu *trois mois* pour se frayer un chemin dans ce décor ! Les moustiques porteurs de la malaria (anophèles) chantent à nos oreilles. Nous avons tous été mordus une centaine de fois. Si nous n'attrapons pas la malaria maintenant, nous ne l'attraperons jamais. Deux Soudanais qui voyagent à fond de cale en sont atteints. Nous prenons des doses massives de Paludrine. Je serai immunisé à vie.

Au coucher du soleil vient le répit. Nous sortons le gin (à ma connaissance, il n'y a pas une seule autre goutte d'alcool à bord) et le Schweppes, soudoyons le cuisinier pour avoir des glaçons, coupons des tranches de citron vert, à la péruvienne, avec le fidèle couteau suisse, et nous sirotons notre gin tonic en contemplant le ciel enflammé. L'alcool délie nos langues prisonnières d'une torpeur muette durant la journée caniculaire. Et le tonic contient de la quinine, un vieux remède contre la malaria.

12 septembre.

Le *Marra.*

Dans les marais du Sud, les oiseaux marchent sur l'eau. Je les appelle des oiseaux-Jésus. Ce sont des rallidés. Avec leurs larges orteils écartés, ils avancent de nénuphar en nénuphar.

Une meute de tueurs préhistoriques suit le rythme indolent du vieux rafiot en agitant leurs queues de manière menaçante. Ils attendent que le cuisinier leur lance des restes par-dessus bord.

Dans ces moments-là, une agitation féroce éclate dans l'eau : ces descendants des dinosaures se battent pour le moindre vermicelle. S'ensuit un silence inquiétant pendant qu'ils digèrent. Quand ils atteignent les limites de leur territoire, d'autres prennent la relève. Si vous tombez à l'eau, vous ne survivrez pas plus d'une seconde ; un croco se jettera sur vous, vous entraînera dans une danse mortelle et vous tirera jusqu'au garde-manger. Le colonel Hook nous a raconté l'histoire d'un passager insouciant, un Irlandais, qui dormait sur le pont en laissant pendre sa jambe par-dessus bord ; il a disparu sans un bruit. Faites de beaux rêves. Inutile de chercher. Le crocodile est un chasseur furtif et rusé. Et ils reviennent pour le rab. Il ne fait pas bon être somnambule sur ce bateau.

Le capitaine. Barbe teinte en orange au henné. Tout le monde l'appelle Hadj car il est allé à La Mecque. Nous avons le pont supérieur pour nous seuls : nous pouvons boire dans l'intimité. L'alcool choque l'islam.

Le *Marra* doit son nom à une montagne de l'ouest du Darfour, Jebel Marra. Hauteur : 3 000 m.

13 septembre.

Aujourd'hui, nous avons croisé un autre vapeur qui descendait le fleuve. À bord se trouvait un groupe de Kenyans blancs qui rentraient en

Grande-Bretagne. La brève conversation échangée pendant que les deux bateaux passaient l'un à côté de l'autre dans l'étroit chenal a laissé une impression de malaise. C'était un échange agressif, nullement amical. « Yankees » par-ci, « Yankees » par-là, et cela m'a conduit à me demander dans quoi nous mettions les pieds. Depuis la Seconde Guerre, les États-Unis défendent ardemment l'indépendance de toutes les colonies en Afrique, britanniques et françaises. Ce fut le seul point de désaccord entre F.D.R. et Churchill. L'indépendance de toute l'Afrique a commencé et elle se poursuivra. Naturellement, les colons blancs se sentent menacés. Leurs vies et leurs moyens d'existence vont forcément changer. Leurs jours en Afrique sont peut-être comptés. Et ils rejettent la faute sur l'Amérique. Espérons que le fait de loger chez Sam apaisera les tensions. L'oncle Sam.

14 septembre.

Le *Marra*.

Durant ce trajet mortel et interminable, mon journal a été une bénédiction. Les journées sont vides. Nous dormons beaucoup. D'un sommeil poisseux et agité. Nous lisons, nous faisons des pompes et des abdominaux sur le pont pour ne pas nous ramollir complètement, mais les moments de vacuité sont nombreux. Une famille d'hippopotames qui se baigne dans la vase nous offre quelques instants d'émerveillement, puis l'ennui s'installe à nouveau.

Tenir un journal confère à ce dilemme quotidien un semblant de discipline. Il donne forme à la vie informe que nous menons. Et ce n'est pas compliqué. Il n'y a pas besoin d'inventer. Il suffit de noter ce qui se passe dans votre tête et devant vos yeux, vos souvenirs, et ce que vous estimez être, tel ou tel jour, le sens de votre vie.

Vous prenez le stylo. « Hé, je suis vivant ! »

« Il n'est pas évident de trouver un bon compagnon de voyage. » Qui a écrit ça ? Moi. Être avec Joe constitue véritablement une expérience éducative incroyable. S'il n'était pas là, j'appréhenderais l'avenir. (Encore plus.) Mais si j'ai le courage d'affronter ce qui apparaît maintenant comme un vide complet, c'est parce que Joe a conscience du même vide, il le sent lui aussi, il le partage. Ni lui ni moi ne savons où nous allons. À la maison, mes amis préparent leur carrière tandis que nous, nous progressons péniblement à travers ce grand inconnu vert et gras. Le Kenya, et après ? Nous ne prenons pas la peine de poser la question car nous ne connaissons pas la réponse. Ce que je suis en train d'acquérir, c'est de la bouteille : une immense expérience sur deux continents primitifs en l'espace d'une année. Seul, cela n'aurait pas été possible. Avec Joe on fait bloc. Nous avançons ensemble. C'est un voyage dicté par le caprice, la soif d'aventure et une foi constante dans l'inconnu. Nous bavardons jusqu'à l'aube et somnolons presque toute la journée, dans la moiteur.

P.-S. – Ce journal me dit d'écrire. De tout noter. Pour tout conserver. De continuer à écrire. Peu importe ce que j'écris ou veux écrire, ou comment je l'écris, je veux lui donner une forme. La forme validera mes mots. Quoi que je laisse sur cette page, à moins qu'un coup de vent mystérieux emporte ce carnet par-dessus bord et qu'il serve d'en-cas aux crocos, ces mots m'accompagneront pour toujours. C'était le but des pharaons. Et ils y sont parvenus, à coups de pyramides. Une feuille de papier me suffira. Pour toujours.

15 septembre.
Juba.

Aujourd'hui, le *Marra*, après un ultime sursaut, a échoué à Juba. Nous avons sauté de la barge avec joie, directement dans les bras des douaniers qui nous attendaient. Je me demande maintenant pourquoi nous n'avons même pas passé une journée à Masindi. Nous aurions pu visiter la boutique grecque, mais non… nous avons enfourché le Nil Blanc dans l'après-midi, destination Nimule, à la frontière de l'Ouganda. Deux cents kilomètres sur une route dont nous allions découvrir qu'elle était faite de terre et très mauvaise. Après une semaine de séquestration à bord du *Marra*, nous avions besoin de bouger !

Nous sommes partis à toute allure dans ce magnifique paysage de collines boisées qui me rappelaient le Pérou. Nous avons commencé à voir des bêtes : des babouins et un énorme oiseau préhistorique posé sur la route. Nous allions en voir beaucoup ; leur plumage était splendide : rouge et noir. Ils semblaient suffisamment gros pour nous arracher à notre moto. Nous avons remarqué également des empreintes et des crottes d'éléphant partout sur la route, mais d'éléphant, point. Pour l'instant. Nous sommes désormais en Afrique. L'Afrique verte, je veux dire. L'Afrique jaune est derrière nous.

Comme à Louxor, au bout de quelques kilomètres, la surface goudronnée a disparu. Nous avons dû nous frayer un chemin sur une piste creusée de profondes ornières et de flaques. Très vite, il est devenu évident qu'à cette vitesse nous n'atteindrions jamais Nimule avant la nuit. Nous nous sommes arrêtés pour consulter la carte. Elle était vierge. Il n'y avait rien entre Juba et Nimule, à part cette route, un bien grand mot. Que faire : retourner à Juba, passer la nuit dans cet hôtel grec et repartir au matin frais et dispos ?

Notre voyage était sans retour.

La nuit est tombée. La jungle s'est refermée sur nous. Nous nous sommes faufilés entre deux hauts murs d'arbres. Le phare éclairait d'autres traces d'animaux. Nous nous sentions vulnérables ; où allions-nous passer la nuit ?

Un éclat de lune nous a redonné espoir, mais il a aussitôt été balayé par des nuages. Nous avons vu les éclairs et entendu le tonnerre de très loin. La moto avait déjà chaviré une demi-douzaine de fois. Heureusement, ses cylindres en ligne évitaient à nos jambes d'être écrasées ou carbonisées par les pots d'échappement brûlants.

L'orage s'est abattu. Nous avions l'impression de rouler sous une cascade. Un rideau de pluie compact, des coups de tonnerre qui claquaient et des éclairs qui semblaient mesurer 30 cm de large. Ça devenait dangereux. Nous n'avions pas d'équipement de pluie, nous avancions au ralenti sur la piste inondée et nous étions partis avec un réservoir à demi rempli. (À Juba, on nous avait dit que l'essence n'était pas bonne ; il valait mieux faire le plein de l'autre côté de la frontière, en Ouganda britannique.)

La moto a chaviré pour la énième fois et le phare s'est éteint !

Nous étions au milieu de nulle part, sous un déluge, dans le noir absolu, exception faite des éclairs qui éclataient au-dessus de nos têtes, cernés par la jungle immense où rôdaient Dieu sait quels animaux. Le seul son réconfortant était le ronronnement du Nil Blanc. Il continuait à fonctionner normalement, comme si de rien n'était. Nous n'avions pas d'autre choix que de continuer !

Ce que nous avons fait, pendant encore environ 2 km, à 10 km/h, poussant parfois la moto, l'arrachant à la boue, guidés uniquement par les éclairs qui illuminaient brièvement la piste. Et soudain, un gigantesque éclair d'au moins 1 m de large a fait apparaître une case sur le bord de la piste !

Nous nous trouvions juste à côté ; si nous avions fait 3 m de plus, nous l'aurions loupée.

Nous avons poussé notre moto à l'intérieur, à l'abri de la pluie. J'ai plongé la main dans le sac à dos et j'ai sorti la lampe électrique pour regarder autour de nous. Il n'y avait rien. Uniquement un sol de terre, circulaire, et majoritairement sec. Et un matelas, très sale. Sans doute truffé de puces. Pas question de s'en approcher. Nous nous sommes allongés à même le sol, de part et d'autre de la moto, clé ôtée et direction bloquée. J'ai passé une des nuits les plus effrayantes de ma vie. Nous étions tellement épuisés que nous avons dormi un peu, mais tous les quarts d'heure environ, je me réveillais en sursaut et braquais la lampe dans les coins de la cabane pour vérifier qu'aucune bestiole, genre cobra ou léopard, n'avait décidé de partager notre refuge pour échapper à la pluie. Il faisait chaud, mais nous étions trempés, et nous avions froid. Un nouvel orage a éclaté, aussi sévère que le précédent. Les éclairs se succédaient sans interruption. Dehors, on se serait cru en plein jour.

L'aube est venue enfin. Le ciel s'est éclairci. Toujours trempés, nous faisions peine à voir, mais à part ça, ça allait. Nous étions soulagés de voir la lumière. Cet épisode ne ressemblait déjà plus qu'à un effroyable cauchemar. J'ai pris la boîte à outils, démonté le phare et changé l'ampoule. Comme toujours, la BMW a démarré au premier coup de kick.

En route pour Nimule, un ensemble de cases avec une très grande école. Le maître nous a offert un petit déjeuner : café ougandais corsé, œufs à la coque, papaye et pain à la farine de maïs. Nous voilà au pays du café. Les terreurs de la jungle soudanaise sont derrière nous. Devant : s'étendent d'immenses terres peuplées seulement de gros gibier.

Nous avons franchi la frontière de l'Ouganda et mis les gaz, direction Gulu. Ici a débuté une série d'expériences désagréables qui a façonné les deux jours suivants.

(J'écris tout cela à l'hôtel God Sings de Masindi, en Ouganda.)

16 septembre.

Gulu, Ouganda.

La route du sud vers Gulu, faite de sable mouillé, était dure et idéale pour la moto. Nous avons pu foncer jusqu'à ce que nous atteignions la boue. C'est la saison des pluies ; la piste qui mène à

Gulu est devenue une mer boueuse. Pendant des heures nous avons poussé, tiré et chevauché le Nil Blanc dans la fange. À un moment, nous avons failli être renversés par un dingue aux cheveux roux à bord d'une Land Rover. Il nous a doublés dans un grondement de tonnerre en dérapant et, délibérément je pense, il a roulé dans une ornière, tout près de nous, pour nous submerger sous une vague d'eau brune. Je l'ai entendu ricaner comme un âne.

Nous devions le revoir…

Épuisés, nous avons finalement atteint Gulu où nous avons été hébergés par le colonel Rhoades, dont le nom nous avait été donné par le colonel De Roebeck à Khartoum. De tels contacts sont vitaux quand vous voyagez dans ces régions. Le colonel Hook, qui nous avait présentés au colonel De Roebeck, semble connaître tout le monde.

Le colonel Rhoades, un célibataire de plus de cinquante ans, est un homme à la voix et aux manières douces, chaleureux et accueillant. Seul. Aussi heureux que nous de cette rencontre. Il nous a offert du whisky, un bain et un lit. Il dirige les Services de l'emploi à Gulu, une composante de l'administration britannique qui disparaît rapidement en Ouganda.

Il nous a emmenés dîner à l'hôtel local, où j'ai reconnu le conducteur rouquin de la Land Rover, assis avec un ami chasseur blanc et tueur d'éléphants. Mes commentaires sur sa conduite ne lui ont pas plu. Comme dans un vieux western, nous avons décidé de régler ça dehors. La mousson africaine, qui ressemblait à de l'eau solide, dégringolait du ciel. Nous avons échangé quelques coups inoffensifs sur le parking avant d'être séparés. Nous avons regagné le confortable cottage du colonel Rhoades et passé la nuit dans des draps propres.

Joe : « Excuse-toi auprès du colonel Rhoades ! »

Ce que j'ai fait.

17 septembre.

Le lendemain matin, nous sommes partis pour le parc national de Murchison Falls, une des principales destinations de ce voyage.

Encore une route affreusement défoncée. Au début, nous n'y avons guère prêté attention, nous étions davantage préoccupés par les traces omniprésentes, encore fraîches, d'éléphants, de buffles et de lions. Des herbes de 2 m de haut, des deux côtés de la route, nous cernaient. Si nous ne pouvions pas voir les animaux, nous les sentions, et à chaque instant nous redoutions d'en voir un se présenter en travers de notre chemin. Au bout d'une bonne dizaine de kilomètres, nous avons atteint l'entrée officielle de la réserve, dans une clairière. Quelques cases et un large panneau énonçant les règles, parmi lesquelles :

INTERDIT AUX MOTOS

Nous avons eu une longue et amicale, pensions-nous, conversation avec les employés africains du parc, qui ne cessaient de nous montrer le règlement. Le règlement. Nous devions rebrousser chemin. Pas question ; nous avions lutté pendant deux heures dans la boue pour venir jusqu'ici. Pendant que nous discutions, un troupeau d'une cinquantaine de buffles est passé en broutant. Un ou deux ont reniflé la moto. Ces animaux, considérés comme faisant partie des plus dangereux et imprévisibles d'Afrique, semblaient aussi paisibles que de simples vaches, en deux fois plus grand, avec d'immenses cornes et un comportement totalement sauvage.

Nous avons clairement fait comprendre aux gardes que nous poursuivions notre route à nos risques et périls. Une fois la discussion terminée, ils nous ont offert du café et des biscuits, et nous sommes repartis, en plein milieu du troupeau. Nous étions terrorisés à l'idée que l'un de ces monstres nous charge, mais ils nous ont superbement ignorés. Peut-être croyaient-ils que le Nil Blanc était une vache, ou un buffle albinos.

La piste s'enfonçait dans les herbes hautes de la savane, et de nouveau, nous nous sommes retrouvés enfermés. Impossible de voir quoi que ce soit. Le règlement du parc est sensé : sur une moto, vous n'avez aucune protection. En outre, à cette époque de l'année, la piste est quasiment impraticable pour un véhicule à deux roues.

Et ça n'a cessé d'empirer. Par endroits, la piste avait été totalement submergée par le violent orage de la nuit. Parfois, la boue faisait 30 cm d'épaisseur. Pas moyen de rouler, nous pouvions juste glisser, mais surtout pousser. La moto a chaviré au moins cinquante fois, sans jamais caler. Il nous a fallu quatre heures pour parcourir les 30 km jusqu'au lodge de Paroa. Cette épreuve nous a totalement vidés. Nous étions tellement concentrés sur la moto que nous avons à peine fait attention aux animaux qui nous entouraient. Nous avons vu des éléphants à 100 m. Ils nous ont ignorés et nous, nous n'avions qu'une seule préoccupation : celle d'avancer.

Quand je repense aux risques que nous avons pris, je me dis que nous ne devions pas avoir tous nos esprits. La nécessité de protéger notre moyen de locomotion nous obsédait. Si un de ces buffles nous avait chargés, nous n'aurions eu nulle part où fuir, où nous cacher. Il n'y avait pas un seul arbre en vue, uniquement la savane, dense et impénétrable.

Nous sommes enfin arrivés au paradis : le lodge de Paroa. L'employé de la réception nous a rappelé qu'il était strictement interdit de circuler dans le parc à moto, mais puisque nous étions venus jusque-là de cette façon, nous pouvions rester, a-t-il ajouté. Le lodge offre une vue spectaculaire sur le Nil Victoria. Le paysage est magnifique avec ses collines vallonnées et luxuriantes. Des formations nuageuses étaient visibles sur des centaines de kilomètres ; le ciel était pluvieux et orageux par endroits, ensoleillé et éclatant à d'autres endroits. On nous a donné une tente sous un toit de paille : rudimentaire, mais confortable. Nous avons pris une douche et lavé nos vêtements en les piétinant sous l'eau. Nous avons poussé la moto sous le jet pour la nettoyer avec le savon, les brosses et les serviettes que nous avions utilisés pour nous. Elle est ressortie blanche et étincelante, comme si elle n'avait jamais basculé plus de cent fois dans la boue africaine.

La nuit, nous entendions les beuglements des hippopotames et des crocodiles dans le fleuve. Parfois, nous a-t-on dit, un éléphant s'aventurait dans le camp la nuit pour piller les poubelles. Un vieux buffle frustré avait pris l'habitude de renverser les voitures et d'arracher vos couvertures sous la tente, etc. Il avait été abattu car des clients se plaignaient.

Mais je brûle les étapes…

Nous avons commandé des cocktails au bar, puis nous avons dîné. Pour environ 90 cents, vous aviez un repas de huit plats. C'est incroyable ce que mangent les gens ici… petit déjeuner, déjeuner, goûter… tout cela en quantités énormes et beaucoup trop bon marché.

Le directeur qui nous avait accueillis à notre arrivée est venu à notre table. Le genre chasseur blanc : grand, robuste, pas vilain, la peau brûlée par le soleil, mais passablement ivre à cet instant.

Il avait appris que nous nous étions disputés avec ses « boys » à l'entrée du parc. (C'était faux, il n'y avait eu aucune dispute ; il avait été convenu que nous poursuivrions notre route à nos risques et périls et nous nous étions serré la main en partant.) Il avait changé d'avis. Nous devions quitter le parc dès le lendemain à la première heure. Inutile de discuter : c'était lui le patron et il était soûl.

Un vrai coup dur. La principale attraction du parc de Murchison Falls est l'excursion en bateau jusqu'aux chutes. On y voit des hippopotames, des crocodiles et un tas d'autres animaux, par milliers. Mais le directeur était de méchante humeur. Nous avons regagné notre tente pour nous offrir une bonne nuit de sommeil.

18 septembre.

Réveillés dans le confort, mais avec la gueule de bois et déprimés. Nous allions manquer la principale attraction du parc, alors que nous l'attendions depuis des semaines. Au petit déjeuner, le directeur était là, bras croisés, pour s'assurer que nous obéissions à ses ordres. Inutile de remettre ça sur le tapis.

Pendant que les autres clients embarquaient à bord du bateau qui devait les conduire aux chutes, nous avons chargé la moto sur un vieux ferry qui traverse le lac Victoria. Cette autre partie de la réserve, nous a-t-on expliqué, accueille environ 14000 éléphants, entre autres animaux sauvages. Je crois que nous les avons vus presque tous, marchant en file indienne, trompe à queue, aussi paisibles que Babar et sa famille.

La piste s'est aplanie. Nous roulions à 50 km/h, une vitesse supersonique après la lutte de la veille. Le directeur nous avait dit de veiller à ne pas nous faire « aplatir ». L'éléphant, quand il est en colère ou dérangé, ne vous embroche pas avec ses défenses et ne vous piétine pas, il vous saisit avec sa trompe, vous pose devant lui et s'agenouille sur vous pour vous écrabouiller. Toutefois, à l'image des buffles sur l'autre rive du fleuve, ces énormes bêtes affichaient une indifférence bienveillante.

Notre retour n'a pourtant pas été sans frayeur.

Joe pilotait. En arrivant au sommet d'une petite colline, nous avons découvert un éléphant solitaire planté sur la piste devant nous. Nous sommes descendus de moto et avons pris les jumelles pour l'observer. Nous nous trouvions dans une immense plaine vallonnée et verdoyante sans un seul arbre en vue ni un fossé pour nous cacher.

Il a commencé à avancer vers nous. Nous avons fait demi-tour avec la moto. C'est alors que nous avons découvert un deuxième éléphant, au milieu de la piste juste derrière nous. Nous étions pris au piège par ces mastodontes. Nous allions être broyés entre ces deux presselivres Babar. Soudain, le deuxième éléphant s'est avancé vers nous à son tour, en agitant les oreilles (signe d'agacement ou d'agression, nous avait-on dit). Nouveau demi-tour avec la moto. À notre grand soulagement, le premier éléphant était légèrement sorti de la piste pour arracher des herbes avec sa trompe.

J'étais passager. J'ai glissé à Joe: «C'est l'occasion ou jamais. Fonce.» (Souvenir de Libye.) Il a redémarré et nous avons roulé lentement, à moins de 10 km/h (sans aucune agressivité, espérions-nous), vers la montagne. C'est alors que, brusquement, de manière inexplicable, notre magnifique engin s'est arrêté. Nous n'étions qu'à 5 m de ce mur gris boueux. J'aurais pu descendre de moto et faire quelques pas pour lui tapoter le ventre.

J'ai immédiatement compris le problème. Les motos BMW possèdent une serrure à piston et Joe n'avait pas enfoncé suffisamment la clé pour établir le contact. La moto avait démarré malgré tout, parce que les cylindres étaient brûlants, mais dès que nous avions commencé à rouler, ils avaient refroidi et le moteur avait calé. Et nous nous retrouvions en train de zieuter le monstre. Je me suis penché par-dessus l'épaule de Joe pour taper sur la clé avec mon poing. Il a redonné un coup de kick et nous avons filé sans demander notre reste.

C'était comme un signe, une bénédiction, ou une mise en garde. Nous avions frôlé ces énormes bêtes, imprévisibles et dangereuses, et elles nous avaient ignorés. Tout le mérite en revient au Nil Blanc. Ils ont dû le prendre pour une sorte de vache sacrée, et nous étions assis dessus ! Si nous avions été à pied, ou si notre moto avait été noire, les choses auraient pu tourner différemment.

Moins de 2 km plus loin, nous avons dû nous arrêter de nouveau, à cause d'une éléphante et de son bébé. Cette fois, aucun problème. Au bout d'une demi-heure, elle est repartie, encouragée en cela par les cailloux que lui jetaient quelques Noirs travaillant sur la piste.

Nous avons parcouru sans incident les 100 km qui nous séparaient encore de Masindi.

20 septembre.

Kampala, Hotel Williams.

Une ville extrêmement propre, ordonnée et bien conçue. Plutôt jolie, avec des parcs fleuris. Paisible, mais ennuyeuse.

La campagne ougandaise a été magnifique durant tout le trajet ; une végétation luxuriante colore les douces collines rassurantes. Idéal pour une colonie européenne, sauf que les Blancs n'ont pas le droit de posséder des terres dans ce pays. Tout le monde vit sur le même pied. C'est « un pays Noir », sans l'ombre d'un doute. Néanmoins, les comportements raciaux de certains colons sont durs à avaler. Vous grimacez en écoutant leurs opinions cruelles et sectaires.

Leur monde vous exclut. Vous ne savez pas quoi dire ni où regarder. Nous ne parlons pas ici de péquenauds ou de culs-terreux, mais de gens des classes moyennes, charmants, éduqués. L'Ouganda sera bientôt indépendant. La plupart de ces personnes s'en iront. Ce n'est peut-être pas un mal.

22 septembre.
Tororo.

Nous avons longé le lac Victoria pour arriver jusqu'ici. Nous logeons à la Mission catholique, recommandée par le colonel Rhoades. Cet après-midi, aussi incroyable que cela puisse paraître, j'ai joué au golf avec le père Petrus, un des Pères Blancs. Le parcours de golf de la Mission est tondu par les chèvres. Un garçon muni d'un bâton fait avancer le troupeau sur les fairways.

Au cours du dîner, nous avons eu les oreilles rebattues par les ragots des pères. Catholiques, protestants et musulmans se disputent les fidèles pour l'Ouganda. Il semblerait que les musulmans soient en train de gagner.

Il y a quelques jours, nous dormions dans la boue. Aujourd'hui, nous jouons au golf.

23-24 septembre.
Molo, Kenya.

Nous avons franchi la frontière kenyane pour atteindre Molo, où nous sommes hébergés par le colonel Keighley et son épouse dans leur magnifique ferme. Ce sont des amis des Hook de Khartoum. Nous sommes en altitude ici à Molo, environ 2 500 m. Nous avons franchi l'équateur à 3 000 m. Ce pays pourrait être le Canada avec ses épaisses forêts de pins sur de grandes collines. Il fait frisquet la nuit et nous dormons sous des couvertures.

Tous les soirs, on fait un feu au Kenya, le plus beau pays que j'aie jamais vu. Mais si froid que l'on a du mal à croire que nous sommes toujours en Afrique. Et nous n'avons pas pris de vêtements chauds. Nous avons expédié la plupart de nos bagages à Sam par avion, de Khartoum.

Le Kenya nous attend depuis que nous avons projeté de faire ce voyage en avril, à bord du *Saturnia*. Et nous y voilà. Après toutes les mésaventures de ces derniers jours, j'espère que nous ne serons pas déçus.

La propriété des Keighley est une ferme modèle. 150 hectares. Des pelouses parfaitement entretenues (ils ont un boy qui ne fait rien d'autre que de passer la tondeuse toute la journée) et des parterres de tritomas. Ils ont trois enfants, de 5, 6 et 9 ans. Des gamins adorables. Nous les emmenons faire un tour de moto. Il y a également des moutons, des vaches, des cochons, des chevaux, des paons, des oies, des poules et des dindes. Tout. Une ferme parfaite dans un décor parfait, où ils mènent la belle vie sous un toit qui risque d'être emporté à tout moment. C'est fou.

Leur situation est typique de celle de bien d'autres colons blancs au Kenya. Depuis douze ans, ils travaillent d'arrache-pied pour créer ce superbe nid. Ils n'ont rien d'autre. Si, en cas d'indépendance, ils sont fichus dehors, il ne leur restera que le peu d'argent qu'ils ont envoyé en Angleterre pour les études de leurs enfants. Ils semblent très courageux face à cette incertitude et ils ont adopté une attitude plutôt stoïque : ils ont déjà été obligés de quitter l'Inde en 1947. Mais derrière cette façade, vous sentez l'appréhension : leur monde risque d'être balayé d'un moment à l'autre.

28 septembre.

Nairobi. Hotel Stanley.

J'ai l'estomac noué. Moto en panne et valise manquante. Je dois réparer la BMW, localiser la valise et trouver mon chemin.

2 octobre.
Nairobi.

La valise contenant tous nos vêtements, et expédiée de Khartoum, a été perdue par Scandinavian Airlines. Perdue ou volée. Joe y avait mis tout ce qu'il possède au monde, littéralement. Les carnets remplis des poésies qu'il avait écrites durant le voyage. Nos vestes, nos chaussures, etc. Nous n'avons plus que les vêtements que nous portons et quelques paires de chaussettes, des sous-vêtements… que nous avions pris dans le sac à dos.

Pendant cinq jours nous avons cherché en vain à localiser la valise. Maintenant, nous en avons ras le bol de cette histoire.

Pour couronner le tout, la moto est tombée en panne et doit subir une série de réparations complexes. Le cylindre droit est grillé. La ville regorge de mécaniciens indiens compétents ; ils connaissent bien les motos anglaises – Triumph, Norton, AJS, BSA, Royal Enfield, etc. –, mais ils n'ont jamais vu de BMW. J'ai dû envoyer un câble au concessionnaire BMW de Munich pour réclamer un joint de culasse, une tête de cylindre et toute sorte de pièces détachées que réclame mon mécanicien indien, Ali, afin de remettre notre trésor sur pied.

Par ailleurs, Joe souffre depuis deux mois d'une sorte de mononucléose qu'on n'arrive pas à guérir. Verdict des médecins : « Ça finira par disparaître tout seul. » En attendant, ses glandes sont enflées et douloureuses. Rien de trop grave, j'espère, mais cela le rend apathique. Je ne le reconnais plus. Il n'est plus le même depuis Zuwarah.

4 octobre.

Nairobi, Hotel Stanley.

Moto à l'arrêt dans l'attente des pièces détachées. Assis dans le hall de l'hôtel, nous attendons que la voiture de Sam vienne nous chercher.

Land Rover ? Jeep ? Pick-up ?

Une modeste Ford Sedan anglaise grise, avec chauffeur en uniforme, Hassan.

5 octobre 1961.

Impala Farm, près du mont Kenya, et encore plus près de Nanyuki, colonie du Kenya, Afrique-Orientale britannique.

Que dire d'autre ? Nous avons réussi. Environ 8 000 km à travers l'Afrique, peut-être davantage. Auxquels il faut ajouter les 1 500 km entre Munich et Naples. Soit 9 500 km ! L'équivalent de la traversée de l'Amérique continentale, d'une côte à l'autre, aller et retour. Nous avons connu des moments de frayeur, dus principalement à des erreurs de jugement de notre part, qui auraient pu provoquer de graves ennuis, et même notre mort. Mais nous avons eu de la chance et nous devons tout à notre BMW d'une fiabilité inébranlable, qui a bien mérité de se reposer et de récupérer à Nairobi.

Sam n'était pas chez lui quand nous sommes arrivés. Nous avons fait le tour de la ferme. La première chose que l'on remarque, ce sont les chiens.

Sam en possède quarante (40 !), de toutes les races, du yorkshire terrier au rhodesian ridgeback. Et il y en a partout : roulés en boule dans les fauteuils, occupant presque tout le canapé, affalés sur la véranda ou dans nos lits. Quand vous vous asseyez, ils s'assoient avec vous et posent leurs pattes ou leurs grosses têtes poilues et malodorantes sur vos genoux. Quand vous ôtez vos chaussures, ils veulent vous lécher les pieds. Au milieu de cette nature sauvage, indomptée et lointaine, nous avons été surpris de nous retrouver entourés d'animaux si placides et chaleureux. Notre animal de compagnie personnel est un petit bâtard jaune et blanc à poil dur, d'apparence inoffensive, appelé Anthony Barkus. Il s'est attaché à nous dès notre arrivée.

Par ailleurs, pour des raisons qui nous échappent, on nous a assigné un garde du corps : un Kikuyu nommé Massu. Vêtu de peaux de bêtes, armé d'un arc et d'un carquois rempli de flèches empoisonnées, il se réchauffe avec un brasero devant notre porte.

Pas de Sam, uniquement ses boys et leurs femmes, leurs enfants, tous pieds nus, glissant sans bruit, avec des petits rires cristallins entre leurs shambas et la grande maison. La cuisine se trouve à l'extérieur. Derrière la maison se dresse un escarpement rocheux où rôdent des léopards. Par conséquent, les chiens sont enfermés la nuit tant les léopards raffolent de la viande canine. Malgré cela, l'un de ces fauves réussit parfois à s'introduire dans la propriété et à enlever une des bêtes de Sam. (Nous l'apprenons par Hassan, le chauffeur venu nous chercher à Nairobi.) Il n'y a pas de terrible bataille à mort entre le prédateur et sa proie ; tout se passe de manière furtive. Le léopard se couche près du chien endormi et l'étrangle dans sa gueule, en refermant les mâchoires autour de sa trachée, après l'avoir étouffé sans un gémissement, il l'emporte, loin de ses compagnons toujours endormis. Voilà la force et la ruse du léopard.

Quand vous entrez dans la maison de Sam, si vous ne regardez pas par la fenêtre la haute silhouette du mont Kenya avec ses 5 199 m d'altitude, vous pourriez vous croire dans un relais de chasse de la Worthington Valley dans le Maryland. Des illustrations de chasse au renard couvrent les murs, une multitude d'objets en argent lustré ornent les surfaces brillantes de toutes les tables, dont la plus grande, située dans la salle à manger, peut accueillir une douzaine de personnes ; au centre, des candélabres en argent entourent un large saladier en céramique où s'empile le courrier qui nous attend.

Sam est enfin arrivé. Compte tenu du luxe ambiant, de son réseau de relations, etc., sa tenue ne nous a pas étonnés : saharienne multipoche Abercrombie & Fitch, bermuda kaki dans le style armée britannique, chaussettes montantes et bottes. Chapeau de brousse au bord relevé d'un côté, à l'australienne.

Nous avions envie de le serrer contre nous tellement nous étions contents de le voir, mais il nous a repoussés en agitant le bras.

« Franchement, les gars, dit-il sans préambule, je vis ici depuis dix ans et, durant tout ce temps, je n'ai pas reçu autant de lettres qu'il y en a dans ce saladier. »

En prononçant ces paroles, il a réussi à installer une barrière entre nous. Difficile de sonder le fossé qu'il voulait établir. Était-il jaloux que nous ayons reçu autant de courrier en quelques mois, alors que de toute évidence il en avait eu si peu ? Quelle en était la raison ? Ou était-ce parce que ces lettres venaient d'un monde dont il ne faisait plus partie ?

Ma mère s'était renseignée sur ce monsieur qui nous avait adressé cette invitation exotique de l'autre partie du monde. Sam vient d'une famille aisée de Pennsylvanie. Il a étudié à la Gilman School de Baltimore, laquelle envoie chaque année à Princeton un groupe de très bons joueurs de lacrosse qui, à l'instar de la moitié de l'équipe de hockey sur glace venant de la St Paul's School du New Hampshire, espèrent tout naturellement être cooptés pour le Ivy Club.

6 octobre.

Impala Farm.

Aujourd'hui, nous avons fait un tour en Land Rover (conduite par Hassan) pour découvrir le vaste domaine de Sam. La maison, nous a-t-il expliqué, a été construite avant la Première Guerre par une famille aristocratique autrichienne. Nous avons visité la mini centrale hydroélectrique, construite par la même famille en 1914 (quand tous les Allemands et Autrichiens ont été chassés de la Colonie du Kenya), et qui alimente encore la ferme en électricité 24 h/24. Il y a une mare, où vit un hippopotame. À la saison, il beugle pour appeler une compagne. Difficile d'imaginer qu'une grosse mamma hippo ruisselante puisse l'entendre, et surtout parcourir des kilomètres en se dandinant dans ce paysage broussailleux, pour rejoindre ce Roméo solitaire.

Le domaine de Sam est composé de plaines parsemées d'arbres épineux. La terre est sèche et peu fertile. Il possède une vache pour dix hectares. Nous n'en avons vu aucune. Il affirme que les bêtes sauvages abondent : lions, léopards, zèbres, girafes, éléphants, buffles, rhinocéros, antilopes, etc., et un hippopotame solitaire ! Aujourd'hui, nous avons vu des autruches et des girafes. Un animal majestueux, d'une couleur magnifique, appartenant à la race, peu répandue, des girafes réticulées, et qui a trouvé refuge dans le ranch de Sam. Elles galopent avec beaucoup de grâce. On dirait que leurs sabots ne touchent pas le sol. Nous voulons voir d'autres animaux. À Nairobi, j'ai acheté un téléobjectif en espérant faire de belles photos. Mais ici, on n'est pas dans une réserve ; ici, il faut les chercher. À vrai dire, la situation est tragique. Il y a cinquante ans, des troupeaux de milliers de têtes sillonnaient cette zone. Maintenant, il faut rouler pendant des heures pour apercevoir un seul animal. Leur nombre diminue rapidement et les braconniers n'arrangent pas les choses.

7 octobre.

Impala Farm.

Les Coldstream Guards bivouaquent sur les innombrables hectares de Sam. Ce soir, trois jeunes officiers sont venus prendre un bain chaud et dîner. Sam possède la seule citerne d'eau chaude sur des kilomètres à la ronde. Nous nous sommes baignés l'un après l'autre dans la même eau. Elle était marron, pas à cause de notre crasse, mais parce qu'elle sort ainsi de la citerne. Le premier qui se baigne a de l'eau très chaude, quand vient le tour du dernier, elle est à température ambiante. Mais, premier ou dernier, ça fait sacrément du bien après la poussière et la terre.

Aucun de ces jeunes officiers britanniques, qui avaient tous à peu près notre âge, n'était allé à l'université; ils avaient fréquenté des «public schools», comme Eton, avant d'entrer à Sandhurst. Ils ont une conduite impeccable, mais un peu condescendante à notre égard, pensais-je.

Toutefois, le fait que Joe et moi venions d'effectuer un voyage à moto de l'Allemagne au Kenya semblait les intéresser, vaguement. Nous n'avions que nos aventures à la bouche et quand elles tombaient dans des oreilles sourdes, nous nous taisions. Nous nous sentions rabaissés par leur manque d'enthousiasme. C'était étrange: parmi les centaines de personnes que nous avions rencontrées en chemin – les Tunisiens, Libyens, Égyptiens, Soudanais, Ougandais, Kenyans, sans oublier les vieux colons blancs, les colonels Hook, Rhoades et Keighley –, les seuls qui paraissaient indifférents étaient ces jeunes soldats.

À la table de Sam, la conversation tournait autour de la chasse aux oiseaux et au gros gibier, du polo et des courses de chevaux. Ce qui les intéressait le plus, c'était la vie sociale à Nairobi. Nous étions dépités de voir que ces jeunes officiers, avec qui nous partagions la même langue, la même religion et les mêmes valeurs, nous ignoraient.

Sam était dans son élément. Il avait servi dans la marine canadienne durant la guerre et à l'image de nombre de ses semblables originaires de la Côte Est des États-Unis (ma mère y compris), c'est un fervent, pour ne pas dire vil, anglophile. À ses yeux, le véritable style et le raffinement viennent d'Angleterre ; l'Amérique essaie encore de la rattraper (ma mère idolâtrait Churchill et abhorrait F.D.R.). Je détestais cette adulation stupide, mais je ne disais rien. Nous avons été soulagés quand les jeunes officiers ont rejoint leurs tentes et leurs ordonnances. Quant à nous, nous avons retrouvé Massu et Anthony Barkus.

Ces jeunes officiers anglais inspirent le respect. Après tout, ce sont des soldats professionnels hautement qualifiés qui appartiennent à un régiment d'élite, historique et vaillant. Mais pour nous, ce n'étaient que des lycéens. Ils n'avaient jamais focalisé leur attention sur un sujet intellectuel, comme on le fait à l'université. Et ils avaient débarqué avec leur mentalité de « public school » : « nègres », « pakis », etc. Plutôt que de faire des études, ils avaient choisi une carrière dans l'armée, dans un régiment célèbre pour sa bravoure au cours de nombreuses batailles. Mais ils nous prenaient de haut et réussissaient à nous filer un sentiment d'infériorité.

8 octobre.

Pour en revenir à hier soir :

Il a été question de Jomo Kenyatta, rentré récemment d'exil. Il négocie maintenant avec les autorités coloniales pour créer un nouveau

Kenya, indépendant ; ce qui surviendra un jour, nous le savons tous.

Kenyatta n'est pas un sauvage sorti de la jungle. Il a étudié en Angleterre où il a sympathisé avec Kwame Nkrumah, futur président du Ghana. Ensemble, ils ont fondé la Fédération panafricaine. Quel langage avaient-ils en commun ? Voyons les choses comme elles sont : l'Angleterre et l'anglais dominent le monde.

Pour la majeure partie de la population blanche du Kenya, Kenyatta est un terroriste assoiffé de sang, et la possibilité qu'il soit un jour à la tête du pays les remplit d'incrédulité, de peur et de dégoût.

Je n'ai pas mentionné qu'à Princeton j'avais rédigé un essai sur le Mau-Mau (pour le professeur Halpern) et découvert ainsi les atrocités commises par les deux camps, principalement par les Kikuyus contre les leurs, mais aussi les tortures infligées par les autorités coloniales. Depuis le discours de F.D.R. à la Conférence de Casablanca en 1943, l'Amérique incitait nos alliés à abandonner leurs empires coloniaux. Ses paroles avaient été mal reçues par son ami et confident Churchill, qui chérissait son empire et tous les bienfaits que la justice, la langue, l'industrie et la culture britanniques avaient apportés au monde. Difficile de dire le contraire.

Par respect pour Sam, et le plaisir qu'il avait à recevoir ces jeunes Anglais, je me suis abstenu de toute remarque. Ma connaissance du Mau-Mau n'aurait pas été bienvenue autour de cette table. Tout ce que je sais vient des livres. Je n'avais pas été obligé d'ériger une clôture autour de ma maison ; je n'avais pas vécu en craignant pour la vie de mes enfants, je n'avais jamais dormi avec un revolver sous mon oreiller.

9 octobre.

À la ferme, le petit déjeuner est servi sur la véranda à 5 heures du matin. Pour Joe et moi, cela semble inutilement tôt. Après plusieurs mois sur la route, des arrivées et des départs à n'importe quelle heure, et de nombreuses nuits blanches, quelques grasses matinées auraient constitué un bonheur absolu. Mais non, si nous voulions un petit déjeuner correct, c'était à 5 heures. Plus que correct, à vrai dire : café kenyan corsé et chaud, fait avec les grains provenant d'une ferme voisine, jus d'orange et de mangue frais, flocons d'avoine et/ou œufs de la ferme, bacon. De quoi tenir toute la journée. À 5 heures du matin, l'air est vif et clair. Vous l'avalez à grandes bouffées. Après le petit déjeuner, Joe part se promener et moi, je retourne me coucher une ou deux heures, l'estomac plein. Les siestes matinales sont les meilleures.

De plain-pied, en bois exotique et dans le style ranch, avec une véranda sur toute sa façade, la maison domine une longue vallée en forme de cuvette bordée d'escarpements rocheux et qui s'ouvre sur la vue de l'imposant mont Kenya, éternellement coiffé de neige. À vrai dire, la maison semble avoir été construite pour englober ce panorama majestueux. Sur le toit s'étend une bougainvillée mauve.

L'escarpement de droite abrite une colonie de babouins. À la jumelle nous observons les gros mâles qui font le guet sur les rochers.

De tous nos ancêtres, les babouins sont ceux que j'aime le moins. Ils sont laids et toujours affamés. Ils n'ont aucun charme. Leur long museau et leur faciès renfrogné leur donnent un air brutal de prédateur. Comme nous, ce sont des omnivores. Ils mangent aussi bien des criquets que votre bébé. Tout ce qu'il y a sur la table. Massu dit que les léopards les chassent. Je suis pour les léopards.

10 octobre.

À 5 heures du matin, Sam est au meilleur de sa forme, c'est-à-dire à jeun. Nous avons découvert que c'était un alcoolique paranoïaque. Il y a des bouteilles cachées dans toute la maison. Derrière les coussins, dans les vases, sous les fauteuils, etc., comme des œufs de Pâques. Au dîner, toujours servi avec magnificence par son personnel loyal, il tient généralement des propos incohérents.

Joe et moi sommes de plus en plus nerveux à l'idée d'être hébergés au milieu de nulle part par un homme qui semble de plus en plus incontrôlable. Il est toujours chaleureux, mais parfois effrayant. Il jacasse et nous avons souvent du mal à suivre le fil. Ici, nous sommes totalement coupés du monde. La Ford est en panne et la Land Rover repose sur des pierres. Jour après jour, nous attendons que le mécanicien de Nanyuki vienne réparer les voitures. Pour l'instant, aucun signe.

11 octobre.

6 h.

Ce matin, une nouvelle a projeté notre séjour dans le chaos.

« Les garçons, j'ai appris hier soir qu'un important contingent de pillards somaliens se dirigeait vers nous. Ils vont voler mes bêtes et incendier la ferme. Nous devons nous barricader, rassembler des armes, alerter les voisins et nous défendre. J'espère que vous savez tirer car, ce soir, vous serez en première ligne. »

Il a fini son café, s'est levé de table et s'est éloigné. Joe et moi, nous nous sommes regardés : nom de Dieu, c'est quoi cette histoire ? Nous nous trouvons dans un des plus beaux paysages au monde et ce soir nous allons devoir défendre notre peau !

Nous avons pensé, sans le dire : un régiment britannique d'élite est stationné à quelques kilomètres d'ici. Pourquoi s'inquiéter ?

Ne sachant que faire, nous n'avons rien changé à nos habitudes. Nous sommes retournés nous coucher pour dormir deux petites heures.

Midi.

Personne ne remplit des sacs de sable. Pas de Land Rover bourrée d'armes ni de voisins à l'horizon. La vie suit son cours. Murmure habituel des bavardages dans la cuisine. Les jardiniers creusent le sol. On arrose les parterres de fleurs. On nourrit les chiens. On balaie la maison. On fait les lits. On remplit les seaux à glace. Mais pas de Sam.

Et le soleil qui se reflète sur les neiges éternelles du mont Kenya. Anthony Barkus roulé en boule entre nos lits.

Un appel aux armes, puis le silence. Notre hôte a disparu. Nous l'avons cherché, mais il s'est volatilisé. Les deux voitures étant en panne, il n'a pas pu aller bien loin. Il n'a pas dû s'aventurer dans le bush. Ce n'est pas son genre. Il a été élevé dans le confort, il y est trop habitué. Il possède une des plus belles maisons que nous ayons jamais vue. Une des plus romantiques et exposées à l'aventure, assurément.

La «crise» semble passée, mais Joe et moi restons troublés par cette annonce. Nous nous sentons de trop. L'invitation, précédée de tant de lettres et d'introductions, a déjà expiré. Nous avons abusé de l'hospitalité de notre hôte. C'est un peu comme de se retrouver du mauvais côté d'un aimant; après plusieurs mois d'attraction, nous voilà repoussés.

«Où est M. Sam?» avons-nous demandé à Hassan, le chauffeur, barman, majordome, alors que nous nous dirigions vers le salon pour l'habituel « gin-vermouth » de l'apéritif, avec le maître des lieux.

Sourire. Haussement d'épaules.

« Monsieur Sam ne se sent pas très bien. »

Cela ressemble presque à une conspiration du silence. Vingt Africains au moins vivent dans leurs shambas derrière la maison. Des jardiniers, des cuisiniers, des femmes de ménage, divers employés et leurs familles. Tous sympathiques. Des jeunes femmes délicates et mystérieuses. Nous savons qu'ils savent tous où est Sam, mais ils ne le disent pas. Les deux chevaux sont dans le corral et chacun vaque à ses activités quotidiennes. Il y a là quelque chose de théâtral.

C'est étrange de prendre un repas à l'extrémité de la longue table de Sam. Tous ces gens qui nous servent, alors que notre hôte est absent. Sa place entre nous deux reste vide. Nous attendons qu'il réapparaisse d'une minute à l'autre, en vain. Pas d'hôte. Cet appel aux armes était-il une façon de nous montrer la porte ? Le problème c'est que nous ne pouvons pas partir. Il n'y a aucune issue ! Aucun moyen de transport.

12 octobre.

Étrange sensation de voguer toutes voiles dehors, mais sans skipper et sans connaître la destination. L'équipage accomplit ses tâches : boys, jardiniers chargés des fleurs, jardiniers chargés du potager, le vacher et le laitier, le gardien de poules, le lad qui nourrit les chevaux et le mécanicien (oisif faute de pièces détachées). Des gens joyeux, toujours polis, certains parlant mieux l'anglais que d'autres. Ils vaquent à leurs occupations, comme si tout était normal. Nous avons le sentiment que cette situation s'est déjà produite. Les employés semblent indifférents. Quant à savoir où se trouve notre skipper... motus et bouche cousue, telle est la consigne.

On a presque l'impression d'être échoués à bord du *Marra*. Au moins, le vieux Hadj, lui, n'a pas déserté.

Nourrir vingt personnes et quarante chiens ne pose pas de problème. Chaque matin, on ramène et on sacrifie un animal ou un autre. Nous n'avons pas entendu un seul coup de feu. Nous en déduisons que la bête a été attrapée ou prise au piège en utilisant une méthode discrète connue des seuls Africains. Nous vivons au milieu d'un peuple dont nous ne savons rien. La tradition de l'hospitalité de Sam perdure, et nous en sommes les bénéficiaires. Le soir, nous avons droit aux meilleurs morceaux de la bête. Le reste est pour le personnel. Les os, le gras et la peau sont bouillis, mélangés à du riz pour confectionner une soupe servie aux chiens.

On pourrait penser que c'est un vrai bazar de nourrir quarante chiens, mais tout se passe sans un grognement ni même un gémissement.

Les mastiffs et les ridgebacks mangent en premier, dans de grands bols, puis les plus petits se nourrissent à leur tour. Anthony Barkus arrive presque en dernier. Mais maintenant qu'il est devenu notre animal de compagnie, il a droit à des morceaux sous la table.

Encore une journée sans événement notoire. Nous sommes échoués au paradis. Il n'y a pas d'autre mot. On s'occupe de tout à notre place : notre linge, sale et froissé le matin, est propre et repassé le soir. Pas une seule corvée à accomplir. Nous sommes assaillis par l'oisiveté. Une seule option : écrire. Nous avons déplacé le petit déjeuner de 5 heures à 8 heures. Sur la véranda, en compagnie du majestueux mont Kenya qui préside, dans l'air magique. L'immense silence africain. Pourtant, nous ne sommes pas sereins. Nous n'apprécions pas ce que nous mangeons. Nous vivons aux crochets de notre hôte absent. Nous en concluons que cet appel aux armes était bien une manière tordue de nous flanquer la frousse, pour nous chasser. Si nous pouvions nous en aller, nous le ferions. Mais pas moyen. Serait-ce bien prudent de partir ? Les Coldstream Guards se sont volatilisés, eux aussi. Ils nous manquent maintenant. Nous nous sentons totalement isolés. Pas un pillard somalien en vue.

13 octobre.

Aujourd'hui, promenade à cheval. Seul moyen de locomotion à notre disposition. Je n'aime pas les chevaux ni l'équitation, mais cette activité séduit le côté romantique de Joe. Nous sommes au pays du lion. On nous donne des lances pour nous protéger. Que suis-je censé faire avec une lance? La planter dans l'œil du fauve pendant qu'il m'arrache la jambe avec ses crocs?

Nous avons parcouru un paysage sec et chaud, parsemé de buissons épineux, où bourdonnent les criquets, hostile et désagréable. Pas si différent, bizarrement, de la traversée de la forêt amazonienne: à chaque seconde vous redoutez d'être mordu ou piqué par une bestiole agressive. C'est rarement le cas, elles ont plus peur de nous que nous d'elles. Malgré cela, vous demeurez en alerte rouge, les nerfs à vif.

Par contraste, autour de la maison de Sam, tout est doux, frais et vert. Une source d'eau pure, alimentée par des ruisseaux dans les collines, permet à ses employés d'irriguer et d'arroser. D'où ce potager fertile, cultivé par de multiples jardiniers, des hommes et des femmes, et leurs enfants; et ces fleurs multicolores, mais pas de pelouse.

Quelques babouins étaient en vadrouille. On nous avait conseillé de les éviter. Deux autruches au loin. Nous avons aperçu des girafes en train de brouter. Chose rare. Elles sont immenses et, pour des animaux de cette taille, d'une grâce majestueuse. Nous les avons rejointes au trot. Elles nous ont regardés de là-haut, avec bienveillance, comme des créatures supérieures, amicales mais alertes. Quand nous nous sommes approchés, elles se sont écartées. D'une démarche fluide. Un petit galop élégant. Nous les avons pourchassées, ce qui n'était pas une bonne idée. Des pierres et des mottes de terre grosses comme des pamplemousses m'ont frôlé la tête. Ces animaux déplacent une force énorme !

14 octobre.

Impala Farm.

Découverte. Ce matin, je me suis levé tôt pour faire pipi et, encore à moitié endormi, j'ai vu un des boys traverser le jardin avec une caisse de bière. Parfaitement réveillé désormais, je l'ai suivi furtivement pour voir où il allait. Il a emporté la bière vers une des dépendances baptisée « la laiterie ». La porte s'est ouverte. La bière est entrée. La porte s'est refermée. Voilà donc où se trouve notre hôte : dans « la laiterie ».

15 octobre.

Afin de décrire avec précision le monde dans lequel nous vivons, j'entends par là le monde réel, un monde très proche de la nature, je dois inclure les faits qui se sont produits hier.

Après notre virée à cheval, Joe et moi prenions des cocktails sur la véranda, comme chaque soir, en profitant de la vue à vous couper le souffle. Le soleil couchant transformait les sommets enneigés du mont Kenya de vanille en fraise. Ou en framboise. Le silence était profond. À l'exception, de temps à autre, des cris des oiseaux qui s'apprêtaient à se coucher (il y a des oies sur l'étang « autrichien »), du rugissement lointain d'un prédateur ou des couinements pathétiques et de plus en plus faibles d'un petit animal dévoré vivant, le monde africain glissait paisiblement vers la nuit.

Les chiens de Sam étaient allongés autour de nous. Ils se languissaient de leur maître. En mal d'affection, ils nous suivaient partout et Anthony Barkus occupait la place d'honneur. On nous a conseillé de ne plus lui donner à manger pendant les repas, ce qui engendre naturellement des grognements de protestation sous la table.

Quarante chiens. Difficile de décrire les nombreux bâtards parmi eux. Mais ils ont un point commun : ils sont tous incroyablement intrépides et résistants, y compris notre Anthony Barkus. Ils agrémentent leur petit déjeuner de rats ou de toute autre vermine qui ose s'aventurer à moins de 2 km de la maison. Nous n'avons pas vu une seule souris depuis notre arrivée.

Et donc, alors que nous nous interrogions sur la mystérieuse absence de notre hôte, en essayant de comprendre pourquoi il se comportait de manière aussi étrange après nous avoir adressé cette invitation et toutes ces lettres chaleureuses, sans parler des mois de voyage pénible que nous avions endurés pour venir jusqu'ici, nous avons eu droit à un spectacle singulier, sauvage et inoubliable.

Comme je crois l'avoir déjà signalé, la ferme de Sam fait face à une plaine doucement vallonnée, bordée de falaises rocheuses, alors que le mont Kenya, semblable à une gigantesque pièce montée (à la framboise, plus aucun doute là-dessus), se dresse au milieu.

Nous avions repéré, à l'œil nu d'abord, puis avec nos jumelles, des babouins assis ou se déplaçant parmi les rochers sur la droite, des sentinelles de toute évidence, chargées de surveiller leur ennemi : le léopard.

Ce n'était pas la première fois que nous en voyions. Nous savions que c'étaient des animaux puissants, dangereux et imprévisibles ; et, par conséquent, à éviter soigneusement.

Mais là, il se passait quelque chose ; nous ne savions pas trop quoi exactement. Les quelques babouins mâles, imposants, qui montaient la garde, avaient été rejoints par des dizaines d'autres, de toutes les tailles. Des centaines de singes peut-être, parmi lesquels des mères portant leur petit sur leur dos, dévalaient les rochers. Ils traversaient la vallée en direction de l'escarpement situé en face. Cela ressemblait à une migration.

Joe et moi étions fascinés par le spectacle qui se déroulait devant nous. Affalés sur la véranda, les doigts de pieds en éventail, des cocktails glacés à la main, nous avions droit à une scène pour laquelle beaucoup de cinéastes animaliers auraient été prêts à attendre de longs mois.

Les chiens ont vu ou senti ce qui se passait. On aurait dit une meute de loups. Le bruit, les aboiements, l'excitation. Entraînés par notre Anthony Barkus qui, assis sur mes genoux, avait été le premier à comprendre.

Les quarante chiens ont chargé la migration de babouins. Quarante yorkshires, ou leur équivalent bâtard, contre des prédateurs grands et musclés, dotés d'incisives pointues et friands de n'importe quoi se trouvant sur leur chemin. Tout fut terminé en quelques minutes. Une mêlée grondante et hurlante d'animaux qui s'entretuent. Les babouins ont décampé pour regagner précipitamment leurs rochers. Fin de la migration.

Nos chiens sont revenus à la maison dans un sale état. Certains, mais pas tous. D'aucuns avaient le ventre déchiqueté, leurs intestins traînaient sur le sol. Il fallait les achever. Notre Anthony Barkus n'est pas rentré.

Joe et moi avons fini nos verres et nous sommes dirigés vers la salle à manger. Combien de temps encore allions-nous rester en rade ici ? Comment faire pour quitter cet endroit ? Nous étions au paradis du diable.

Partir à pied ? À cheval ? Il y a un téléphone qui ne sonne jamais. Pas de tonalité. La ligne est coupée.

L'épisode de la veille a renforcé notre sentiment d'insécurité sur cette terre magnifique, mais potentiellement dangereuse, que nous ne comprenons pas et où nous sommes prisonniers. Enchaînés au paradis !

Ce matin, ils ont rapporté la dépouille d'Anthony Barkus. Il manquait toute la partie inférieure de son corps. Coupé en deux par une bête dix fois plus grosse que lui. Nous avons enterré ce qu'il restait dans le vaste cimetière canin de Sam.

Le temps libre ne manque pas. Nous en avons beaucoup. Trop. J'apprends le swahili. Nous lisons énormément. J'envoie des lettres à ma famille pour décrire nos aventures, mais je me demande si ces missives arriveront à destination. Atteindront-elles le bureau de poste de Nanyuki ? Ce journal offre une sorte de structure à l'existence amorphe et ambiguë que nous subissons.

Chaque jour, avant le déjeuner, nous nous rendons à la laiterie.

« Hé, Sam ! Sortez ! »

« Vous nous manquez, Sam ! »

« Sam, c'est l'heure de l'apéro. Joe a préparé des Ramos fizz ! »

« Des mint juleps ! »

Silence. Nous parlons à une porte.

16 octobre.

Eurêka ! Hier, au crépuscule, nous buvions notre habituel « sundowner » sur la véranda quand nous avons vu des phares dans l'allée. On aurait dit deux naufragés réagissant avec frénésie à la vue d'une voile à l'horizon.

Nous avons couru pour accueillir un vieux bonhomme avec une crinière de cheveux blancs comme neige au moment où il descendait d'une Land Rover cabossée.

Will Powys de son nom était le frère du poète gallois John Cowper Powys. Mais peu importe. Jamais dans toute notre vie nous n'avions été si heureux de voir quelqu'un.

Retour sur la véranda. Le mont Kenya à l'heure framboise. M. Powys a accepté très volontiers un whisky. Sans glace. Nous lui avons expliqué notre situation. Sam était présent, mais absent : nous étions les invités d'un hôte invisible. Nous buvions son whisky.

M. Powys n'a pas semblé surpris. Il possédait un ranch à une trentaine de kilomètres, et il passait de temps en temps pour prendre des nouvelles de son voisin. Sam était très seul.

Lors d'une de ses visites, nous a-t-il raconté, la maison était entièrement éclairée. M. Powys en a déduit que Sam donnait une fête. Pourtant, aucune Land Rover n'était garée dehors. Pas une seule voiture en vue.

Il a jeté un coup d'œil par la fenêtre de la salle à manger. Sam était là, vêtu de son uniforme de la Royal Canadian Navy, avec les décorations et le reste, et il régalait ses invités à la grande table. Toute l'argenterie, lustrée et étincelante, était sortie. Un boy en livrée se tenait derrière chacune des douze chaises.

Mais Sam était seul. Toutes les autres chaises étaient vides. Il s'adressait à une assistance fantôme. Il avait fait un énorme effort pour présenter sa salle à manger sous son plus beau jour : les fleurs sur la table, le personnel en livrée immaculée, les tarbouches et ainsi de suite. Un festin somptueux.

Nous avons raconté à M. Powys l'invitation de Sam, ses longues lettres, notre voyage à moto depuis l'Italie, et comment nous nous étions retrouvés échoués dans la confortable et romantique demeure de Sam, avec une pléthore de domestiques, une excellente cuisine et le paysage magnifique à contempler ou à explorer. Seul notre hôte manquait au tableau, son absence nous rendait nerveux et nous mettait mal à l'aise. Nous savourions son hospitalité, nous profitions de tous les avantages de son ranch, mais sans lui.

M. Powys nous a confirmé que nous avions raison de ne pas essayer de partir. Un jeune homme, aussi perplexe que nous, avait tenté de parcourir à pied la cinquantaine de kilomètres qui le séparait de Nanyuki et s'était égaré. Un coup de bol s'il s'en était sorti. À l'exception d'un fusil de chasse, a ajouté M. Powys, les armes qui se trouvaient dans la propriété avaient été confisquées par le chef de district, à cause de la réputation d'alcoolique de Sam. Tout coup de feu étant interdit, les animaux avaient appris, par instinct, qu'ils n'avaient rien à craindre sur ces terres. Des bêtes de toute sorte s'y aventuraient. La propriété de Sam était devenue une sorte de mini-réserve, et par conséquent potentiellement dangereuse pour un homme à pied et désarmé.

Joe et moi nous sommes regardés : pas étonnant que Massu soit posté devant notre porte avec ses flèches empoisonnées.

M. Powys n'a pas d'explication quant au comportement de notre hôte. Seul et solitaire, Sam invitait beaucoup de gens. Pour M. Powys, ces disparitions étaient peut-être liées au passé de Sam, au fait qu'il n'était pas marié et aux circonstances dans lesquelles il avait acquis cette immense ferme au Kenya. Il était rare, disait-il, de voir un célibataire vivre seul, à plusieurs kilomètres de son voisin le plus proche. Pourquoi n'était-il pas retourné vivre dans le Maryland avec sa famille et des amis, etc. ? M. Powys disait que Sam était asthmatique. Le climat du Kenya lui convenait ; c'était une des raisons de son installation en Afrique. Personnellement, je trouvais que ça faisait loin pour s'offrir une cure. Il avait également des amis anglais dans l'armée qui l'avaient encouragé à venir vivre ici. Il était arrivé en 1952, au début de la révolte du Mau-Mau et sans doute avait-il acheté Impala Farm pour une bouchée de pain.

M. Powys a ajouté qu'à sa connaissance il n'y avait pas un seul pillard somalien dans un rayon de 100 km.

Cet homme est un monsieur très séduisant et impressionnant. Âgé d'environ soixante-dix ans, il est en pleine forme. Il est arrivé au Kenya en 1914 pour conduire des troupeaux de moutons. Les Gallois savent tout des moutons. À cette époque, a-t-il précisé, il y avait encore des troupeaux de rhinocéros. Plus de rhinocéros même que de moutons.

Il est allé frapper à la porte de la laiterie et a crié à son voisin de sortir. Pas de réponse.

« Prenez vos brosses à dents, les gars, et venez avec moi. »

Nous nous sommes exécutés avec joie. Nous avons foncé dans notre chambre pour jeter quelques affaires dans un sac et avons sauté à bord de la Land Rover.

Quel soulagement de quitter le paradis ! Teinté de regret toutefois car ce séjour à Impala Farm, attendu si impatiemment, pendant si longtemps, s'était transformé en un énorme point d'interrogation. Sam avait vu deux jeunes diplômés de Princeton qui voyageaient à travers le monde et prenaient du bon temps et cela l'avait rendu fou. C'était peut-être ce qu'il aurait aimé faire. Maintenant, il restait assis, jour après jour, dans un état de torpeur alcoolique, caché dans la laiterie, et il rêvait à ce qui aurait pu être.

17 octobre.

Will Powys habite sur un ranch près de Timau. Épouse absente ou décédée (il n'y fait aucune allusion). Ses enfants, adultes désormais, possèdent leurs propres fermes. C'est un ranch bien entretenu, moins glamour qu'Impala Farm, mais le maître des lieux étant là pour présider, nous nous sentons accueillis, et comme chez nous.

Cet après-midi, nous avons fait un tour avec M. Powys dans sa Land Rover, pour lui ouvrir les portes des enclos et l'aider à exécuter diverses tâches, principalement réparer des clôtures qui servent à enfermer le bétail, mais qui ont été piétinées par les animaux sauvages.

Sur le chemin du retour, nous sommes passés devant une colline de forme conique qui se dressait, étonnamment seule, au milieu de cette plaine aux buissons épineux.

M. Powys a arrêté le véhicule.

« J'ai toujours eu envie d'escalader cette colline, a-t-il dit. Mais dans le temps, quand j'étais encore assez jeune pour le faire, on se déplaçait à cheval et j'avais peur qu'un lion attaque ma monture attachée en bas pendant que je grimpais.

— Faisons-le, a suggéré Joe. Faisons-le maintenant. On vous aidera. »

En poussant et en tirant (à 70 ans, il est encore robuste, mais ses jambes le sont moins), nous avons conduit ce pionnier jusqu'au sommet. Il est resté assis sur une pierre pendant presque une heure, alors que le soleil se couchait, à contempler la vue dont il avait rêvé durant toutes ces années. Pas uniquement le mont Kenya, visible de partout, mais une immense étendue de veld, invisible depuis la maison de Sam. Il semblait aux anges, et je crois que nous avons gagné son cœur aujourd'hui sur cette colline.

18 octobre.

Encore une journée passée à réparer les clôtures. Un travail physique. C'est bon de se servir à nouveau de son corps, même si ça me confirme que l'idée de cultiver du café au Pérou n'était qu'une chimère. Mais le Pérou, ce n'était pas que le café. C'était une inspiration pittoresque (je crois que personne n'a jamais cru que nous irions jusqu'au bout) qui nous a permis de briser le carcan que nos familles voulaient imposer à nos existences.

M. Powys, toujours aux aguets, a repéré un troupeau de « Tommies » (des gazelles de Thompson) dans la plaine. À deux ou 300 m, tremblotantes dans la chaleur. Il a décroché la carabine fixée derrière nos têtes dans la cabine de la Land Rover.

« L'un de vous deux a envie d'essayer ? Mon cuisinier prépare d'excellents filets. »

Il a été décidé que c'était moi qui essaierais. Quand j'avais dix ans, mon père m'a offert une carabine 22 Lr, avec laquelle j'abattais des lapins et des écureuils, mais je n'avais jamais manipulé une arme aussi lourde et puissante, avec une lunette télescopique, une Rigby .318 en l'occurrence. Conformément aux instructions de M. Powys, je me suis couché à plat ventre et j'ai appuyé la carabine sur l'étui plié en deux. Il m'a dit de me détendre, de prendre mon temps, d'inspirer à fond, de souffler et de presser lentement la détente quand l'animal serait au centre du viseur.

J'ai collé mon œil à la lunette. La chaleur intense voilait l'air. Je ne voyais rien. Quand enfin j'ai fait le point sur la gazelle, on aurait dit qu'elle sautait sur place.

J'ai pressé trop vite la détente. Je savais que j'allais louper la cible. Je manquais de confiance. L'animal n'a même pas bougé. Il ignorait que quelqu'un lui avait tiré dessus. La balle a dû passer à 1 km.

« Donne-moi ça. »

Joe s'est allongé dans la poussière, jambes écartées, et il a pris la balle que lui tendait notre hôte.

Après Princeton, il avait passé six mois dans l'armée. La seule médaille qu'il avait rapportée était celle de « tireur d'élite ».

Il a pressé lentement la détente. À l'horizon, un animal est tombé.

« Joli tir ! »

M. Powys était monté sur le toit de la Land Rover pour regarder avec des jumelles.

Nous avons couru pour examiner la proie. Toutes les gazelles s'étaient enfuies, sauf une, une bête fragile au pelage beige et blanc, avec une tache de sang sur la poitrine.

« Assassin ! » ai-je crié.

Joe a ri.

« Tu as tiré le premier, mon ami, et tu as loupé. »

M. Powys nous a rejoints avec la Land Rover.

« Un excellent tir. 250 m avec cette chaleur. Nous allons nous régaler. »

21 octobre.

Nairobi, Hotel Stanley.

Joe est de nouveau dans un état léthargique et fiévreux. Et, cette fois, la température est élevée. Presque 40. Il était brûlant. M. Powys nous a conduits à Nanyuki où se trouve un hôpital militaire britannique avec des installations modernes. Après avoir écouté sa respiration le jeune soldat-médecin a diagnostiqué une pneumonie. Double.

Je crains que notre aventure kenyane touche à sa fin. Bien plus tôt que prévu. Beaucoup trop tôt. Bagages perdus ou volés (plus vraisemblablement volés). Le Nil Blanc en panne. La débâcle chez Sam. Et maintenant la pneumonie. Double ! Ça commence à ressembler au terminus.

En quittant l'hôpital, je suis allé au bureau de poste de Nanyuki pour récupérer notre courrier, parmi lequel se trouvait un avis des douanes de l'aéroport de Nairobi, où un paquet nous attendait. En provenance de Munich.

Les pièces détachées pour la moto. Indispensables pour la remettre en état. Sans elle, nous sommes coincés.

J'ai apporté ses lettres à Joe, que j'ai laissé dans un brouillard de pénicilline, puis j'ai pris un transport militaire jusqu'à Nairobi, où j'ai dîné. Retourné au Stanley.

Au moment où j'allais éteindre la lumière, on a frappé à la porte. Là, une gamine de 14 ans avec des rubans dans les cheveux.

« Vous avez demandé le room service, monsieur ? »

Elle parlait un anglais parfait.

En fait, non. Toutefois, je me suis souvenu, dans mon état de semi-ébriété, d'avoir demandé au portier de l'hôtel s'il n'était pas trop tard (23 heures) pour me faire servir un dernier verre dans ma chambre. Je crois qu'il m'a adressé un clin d'œil.

Mon « dernier verre » s'appelait Sheila. J'ai été un peu déçu quand elle a ôté la perruque avec les jolis rubans cousus dessus. Et encore plus quand elle a dégrafé son soutien-gorge. Ses seins qui, à la porte, dévoilaient un décolleté exceptionnel pour une fille si jeune se sont affaissés de plusieurs centimètres. Des vergetures indiquaient qu'elle était mère de famille. J'ai revu son âge à la hausse. Dix-huit ans. Peut-être vingt. Peut-être plus. Le tarif était de 10 dollars, plus 10 dollars pour Willie le portier.

Ce matin, je suis allé « Rue de la Moto » où ces mécaniciens indiens compétents réparent les engins anglais de toutes marques.

L'économie de l'Afrique-Orientale est contrôlée par des Indiens. Venus il y a longtemps pour travailler sur les voies ferrées, ils sont restés. Leurs familles les ont rejoints. Maintenant, ils jouissent d'un monopole économique certain. Sous toutes ses formes. Les boutiques, les commerces, les garages, les banques et les établissements de prêt en Ouganda et au Kenya sont tous tenus par des Indiens. Ils occupent les métiers que convoitent les Africains. Et ils les traitent affreusement mal, encore plus mal que n'importe qui d'autre. Arborant leurs turbans, ils occupent le barreau au-dessus sur l'échelle sociale et ils écrasent la main qui agrippe le barreau juste au-dessous. Ils se tiennent les coudes. Ils maintiennent des prix élevés et vous obligent à marchander pour une tablette de chewing-gum.

22 octobre.

J'ai traîné la moto malade jusqu'à l'aéroport. Ce qui m'y attendait n'était pas un colis, mais une caisse en bois. BMW m'avait envoyé un moteur tout neuf! Gratuitement! Pas même un timbre à payer! J'ai dû louer un camion pour le transporter à Nairobi. Dans la Rue de la Moto, une foule de mécaniciens s'est rassemblée pendant que l'on sortait de son paquet-cadeau en bois le magnifique moteur argenté avec ses cylindres en ligne (une chose que personne n'avait jamais vue). Un engin spatial étincelant venu de Mars.

J'ai confié à Ali le soin de remettre notre moto en état puis, défiant la mise en garde de Sam, je suis retourné à Nanyuki en stop. Je n'avais pas le choix.

La santé de Joe s'était améliorée, mais il n'était pas encore tiré d'affaire. L'arrivée du nouveau moteur lui a redonné le moral.

« Johnny, ce type à Munich doit se souvenir de nous. »

Sa voix était d'une faiblesse inquiétante. Merde, me suis-je dit, il faut qu'il se rétablisse! Tout allait de travers au Kenya.

Il s'était passé tant de choses depuis que nous nous étions rendus à Munich en mai. J'avais l'impression que cela faisait des années, et non pas quelques mois seulement, que nous avions acheté la moto, moins d'une heure après être descendus du train.

Nous avons tenu une réunion stratégique. Une partie de nos affaires était restée chez Sam. Les vêtements n'avaient pas d'importance, mais il y avait un sac contenant nos passeports et les jumelles.

M. Powys est arrivé avec une sorte de « bouillon de gibier » pour le malade. Il m'a conduit à Impala Farm, où nous avons été arrêtés par la rivière. À cause des fortes pluies, ce qui n'était qu'un filet d'eau la semaine dernière était devenu un torrent rageur. Impossible de le traverser avec la Land Rover. Nous n'avions pas d'autre choix que passer à pied et à la nage. Sam nous avait prévenus contre les crocodiles qui rôdaient près du bord. M. Powys doutait qu'ils puissent agir avec un tel courant. Le crocodile est un prédateur furtif qui aime les eaux calmes. Néanmoins, il a décroché la Rigby, l'a chargée et a fait le guet pendant que je pataugeais vers la rive opposée. J'ai salué d'un geste cet homme remarquable et, trempé, j'ai parcouru les trois derniers kilomètres jusqu'à la ferme. Joe et moi étions heureux d'avoir forgé un lien d'amitié avec une personne de la génération de nos grands-parents.

23 octobre.

Impala Farm.

Toujours pas de Sam ! J'ai du mal à y croire. Nous sommes partis une semaine et il se cache encore dans la laiterie. Le ranch est toujours aussi beau.

Le personnel et les chiens toujours aussi accueillants. Mais pas de Sam, ni d'Anthony Barkus.

Joe et moi avions espéré que Sam serait de retour parmi nous maintenant. Qu'il aurait repris une vie normale. Et serait redevenu comme avant. Nous étions prêts à passer l'éponge. À repartir sur de nouvelles bases et à poursuivre notre séjour. Faire de sa maison notre quartier général/hôtel pour aller et venir à notre guise, comme il l'avait souvent répété dans ses lettres. Mais non. Qu'allions-nous faire ? Cette situation est hallucinante. On dirait qu'il est devenu allergique à nous dès qu'il nous a vus. Peut-être n'a-t-il pas anticipé l'effet que produiraient sur lui deux jeunes adultes voyageant ensemble. Pauvre homme : isolé, triste, seul et alcoolique.

Nouveau coup dur. Les jumelles ne sont plus dans notre chambre. Les Zeiss, superbes, légères et puissantes, que j'ai achetées à Munich le même jour que la moto et qui, comme elle, nous ont accompagnés depuis le début de ce voyage, se sont révélées incroyablement utiles, surtout pour repérer les bêtes sauvages, ont disparu.

Après tout ce qui s'est déjà passé ici, chez Sam, je n'ai pas le courage de me plaindre. Massu est un chasseur, peut-être les a-t-il prises. Qu'il les garde, dans ce cas. Nous avons bénéficié d'une telle hospitalité, accuser quelqu'un serait déplacé. J'accepte cette perte dans le silence et la tristesse. De la tristesse, oui, en voyant la façon dont ce voyage se dirige vers sa conclusion. Ce que nous pensions être l'apogée, le but même de ce périple, a été notre plus grande déception. Nous pensions explorer cet immense et magnifique continent pendant plusieurs mois, pas uniquement les réserves, mais aussi Mombasa et la côte, avant peut-être de descendre vers le sud, au Tanganyika, ou même au-delà, en revenant régulièrement à Impala Farm pour nous reposer. C'était une idée de Sam. Mais son absence a gâché tout ce beau projet.

Les ennuis de santé de Joe aussi nous ont refroidis. Dans sa chambre d'hôpital de Nanyuki, nous avions quasiment décidé, à moins que je découvre un Sam différent, de mettre fin à notre voyage. La disparition des jumelles est un signe de plus que nos jours en Afrique sont comptés. Des petites choses de ce genre suffisent parfois à faire pencher la balance.

25 octobre.

Je regarde par la fenêtre un avion qui vient de se poser sur l'herbe.

Gilford Powys a à peu près mon âge, peut-être quelques années de plus, mais il est plus grand, plus fort, et beaucoup plus coriace. Il vit seul, sans femme, sur d'innombrables hectares. Il est venu me chercher chez Sam à la demande de son père. Tous les deux communiquent par radio à travers ces espaces vides. L'idée, c'est que je passe quelques jours avec lui, en donnant un coup de main à la ferme, car rien ne m'oblige à retourner rapidement à Nanyuki. Joe se remet, mais il a besoin de temps. L'absence prolongée de Sam pèse de plus en plus sur le déroulement de notre voyage. Je n'espère plus revoir notre hôte. De toute évidence, lui ne veut plus nous voir. Il y a de fortes chances que nous quittions l'Afrique dès que Joe sera guéri et la moto réparée.

Sauf imprévu.

Ni lui ni moi ne sommes impatients de rentrer en Europe avec l'hiver qui approche et moins d'argent, moins d'espoirs qu'avant.

Mon asthme commence à se manifester. C'est peut-être dû au stress, à cause de tout ce qui va de travers. Je relève mon short, j'enfonce l'aiguille dans ma cuisse et j'attends la poussée d'adrénaline.

Gilford se lève à 3 heures du matin; il a déjà accompli la moitié d'une journée de travail avant que je sorte de mon lit. Aujourd'hui, il a abattu trois antilopes, deux depuis le jardin et la troisième par la vitre de la Land Rover. Il en a donné deux aux boys, et nous nous sommes régalés avec la dernière. Les livres de son oncle célèbre sont sur les étagères, mais il n'en a jamais ouvert un seul.

Demain, nous prenons l'avion.

26 octobre.

L'avion stationné devant la maison de Gilford est un Piper Club jaune citron, celui-là même avec lequel j'ai pris des cours de pilotage, en solo, et obtenu ma licence à l'aérodrome de Pluckemin, à Whitehouse dans le New Jersey, quand j'étais encore à Princeton. Cet appareil est doté de gros pneus mous pour rebondir sur le sol rocailleux.

Gilford a effectué le décollage (il a expliqué qu'il savait où les « taupes » creusaient leurs trous) avant de me confier les commandes. Je suis assis à l'avant dans l'étroit fuselage. Il m'a dit de suivre un cap E.-S.-E. à 110°.

L'objectif de ce vol : les buffles. Il se penchait par la vitre avec ses jumelles et tenait le manche d'une main, ce qui est très difficile, malcommode et dangereux, disait-il (c'est l'euphémisme de l'année), pour guetter les animaux. Ce type ne connaît pas la peur. Avec la vitre grande ouverte, le bruit du moteur est oppressant.

Il m'a demandé de grimper à 5 000 pieds. J'ai mis les gaz, en tirant doucement sur le manche et j'ai essayé de maintenir une vitesse relative constante. Il y avait énormément de montagnes dans ce coin. Et des nuages. La visibilité n'était pas bonne. Je devenais nerveux car je ne connaissais pas la topographie. J'étais habitué aux terres plates du New Jersey, pas aux montagnes enneigées de l'Afrique. Mais Gilford le chasseur était obnubilé par la traque de ses bêtes.

Un banc de nuages se dressait droit devant. J'ai hurlé à Gilford : « Prends les commandes ! Je ne sais pas comment faire ! » Il a lâché les jumelles et repris le manche. Soudain, nous étions dans un brouillard complet, face à un mur de 5 000 m.

Il a crié : « Je ne suis pas doué en calcul ! C'est quoi, l'opposé de 120 ? »

Une main glacée s'est refermée sur mon cœur. J'ai eu un blanc. Nom de Dieu. De quoi parlait-il ? Puis j'ai compris. Il parlait des indications de la boussole !

(Il faut ajouter ou soustraire 180 ° avant de faire un demi-tour en plein ciel et revenir là d'où vous venez.)

« 300 ! » j'ai crié.

Il a effectué un virage tellement serré que j'ai quasiment été éjecté par la fenêtre. À travers le brouillard, j'ai entrevu une forêt verte quelques centaines de pieds plus bas. Une minute de plus et nous aurions foncé droit dedans.

Gilford a retrouvé le ciel dégagé. Le cœur battant, j'ai repris les commandes.

Et lui ses jumelles. Je crois qu'il n'a jamais suivi de cours de pilotage. Il a appris sur le tas. Il n'avait même pas mis sa ceinture. Mais c'est peut-être préférable par ici.

Ça y est, il a aperçu ses bêtes. Comment a-t-il fait, dans cette forêt profonde ? Pour moi, elles ressemblaient à des scarabées noirs se déplaçant au milieu des buissons épais qui tapissent les contreforts du mont Kenya.

Il a envoyé un message radio en swahili. Il le parle couramment.

Retour sur la bande d'herbe. Il se pose en évitant les trous de taupes. Des cales sous les roues. Pas de rapport de vol. Ni de journal de bord. Nous avons couru jusqu'à la Land Rover et grimpé à toute allure les flancs du mont Kenya. Gilford connaissait le chemin, mieux que dans les airs. Nous avons atteint la fin de la piste. Jungle épaisse ou forêt. Au milieu, des prairies. Il a décroché le fusil du rack et s'est élancé.

« Suis-moi ! »

Je ne l'ai plus revu pendant au moins deux heures.

Il s'est volatilisé dans la forêt. Je l'ai suivi. Après huit années de patinage, je croyais être en forme, mais je ne pouvais pas rivaliser avec ce monument.

J'ai couru, j'ai marché, je me suis arrêté, je me suis reposé. Assis sur un tronc, j'ai fumé une cigarette. J'ai trottiné, et parfois rampé, à travers des fourrés denses. Il y avait une sorte de piste. J'ai suivi les traces des buffles dans la boue, m'attendant presque à en voir surgir un à tout instant.

Après 3 ou 4 km, totalement perdu, j'ai entendu un coup de feu, droit devant. Mon hôte était là, assis sur un gros animal noir, en train de distribuer des cigarettes. Il était entouré de rabatteurs, de traqueurs et des grimpeurs d'arbres africains. Toute son équipe.

Longue marche pour regagner la Land Rover. Nous avons roulé jusqu'au Mt. Kenya Safari Club, où nous avons bu des cocktails avec William Holden. Tout ça dans la même journée.

28 octobre.

Nairobi.

Joe se remet, mais il reste pâle, fatigué. Toujours l'ombre de lui-même. La moto roule mieux, elle non plus elle n'est pas encore totalement remise. Photos et interview au sujet de notre voyage dans l'*East African Standard.* La fin approche peut-être, mais nous ne sommes pas prêts à abandonner, pas tout à fait.

30 octobre 1961.

Mombasa.

Nous sommes venus ici en stop (la moto est encore en réparation) et avons adhéré au Syndicat des marins africains. Passage obligé, si vous voulez trouver du travail à bord d'un bateau dans le port. Nous voilà munis de nos cartes d'adhérents, avec photo et empreintes digitales. Demain, nous louerons une embarcation pour faire le tour des navires, en espérant trouver du boulot sur un cargo à destination de l'Orient.

C'est une chose que nous avons déjà faite, il y a deux ans, lors de notre premier voyage au

Pérou. Plutôt que de rentrer en Amérique, nous voulions poursuivre l'aventure. Nous avons loué un bateau dans le port de Lima, Callao, qui nous a conduits aux paquebots ancrés dans la rade afin de chercher un travail pour payer notre voyage. Ça n'a pas marché.

Nous revoilà à essayer d'atteindre l'Asie ! Dans la direction opposée, cette fois. En traversant l'océan Indien et non le Pacifique, en partant non pas de la côte ouest de l'Amérique du Sud, mais de la côte est de l'Afrique, de l'autre bout du monde. Si nous ne réussissons pas, nous rentrerons à Nairobi en stop, nous mettrons la moto dans une caisse et nous l'expédierons à Paris, notre prochaine destination pour peu que cette aventure maritime tourne court.

11 novembre 1961.

Paris. Aéroport d'Orly. Terminal du fret.

C'était comme chercher un ami cher dans un immense hôpital inconnu. Nous craignions qu'elle ait été blessée durant le voyage. Qu'elle se soit détachée de ses amarres (nous avions supervisé attentivement l'opération à Nairobi) à l'intérieur de la caisse, et soit couchée sur le flanc, ou à l'envers, l'huile s'échappant.

J'avais le bon de chargement et un numéro. La clé était dans ma poche. La moto n'avait mis qu'une semaine pour arriver. Il n'y avait pas beaucoup de monde, c'était le jour anniversaire de l'Armistice.

Après nous être aventurés dans plusieurs culs-de-sac au milieu de milliers de caisses en provenance du monde entier, nous l'avons trouvée. La caisse était bien droite, conformément à la flèche →. Nous avons emprunté une pince à levier pour arracher les planches. Le Nil Blanc était là, intact et indemne. Les conditionneurs kenyans avaient fait du bon travail.

Les pneus étaient à plat. Nous l'avons poussée jusqu'à la station-service la plus proche pour les regonfler et faire le plein. J'ai tourné la clé. Un grognement de nostalgie pour l'Afrique. Nous avons sauté en selle, direction les rues glaciales de Paris.

Ensuite ?

> « Les expériences les plus importantes ne sont pas celles que vous cherchez, mais celles qui vous cherchent. »
>
> André Gide.

Épilogue

Paris était froid, gris, pluvieux et hors de prix comparé à l'Afrique. Nous avons trouvé une chambre à l'Hôtel de Lisbonne, en haut de la rue de Vaugirard, entre le théâtre de l'Odéon et la rue Monsieur-le-Prince. Pas de véritable chauffage, pas beaucoup d'eau chaude, des toilettes communes à un autre étage et, pourtant, c'était un établissement confortable et accueillant. Nous vivions dans les cafés, les bars, les restaurants, les salles de cinéma… partout où il faisait chaud. Nous prenions nos repas dans l'un des nombreux restaurants bon marché de la rue de la Harpe.

Comme à Rome nous épluchions chaque jour les petites annonces du *Herald Tribune*, à la recherche de boulots pour subsister. Joe a été le premier à décrocher un emploi : un poste de professeur d'anglais dans un lycée de Grignon, à côté de Versailles. Pas très bien payé, mais nourri et logé, et à moins d'une heure de train de Paris.

Quant à moi, j'ai été engagé pour m'occuper d'une école de l'armée américaine dans un village du nom d'Étain, près de Verdun, dans l'est de la France. C'était loin de Paris, mais le salaire compensait l'éloignement : 500 dollars par mois.

Le pare-brise du Nil Blanc avait été perdu, je ne sais comment, dans le trajet depuis Nairobi. Ma mère m'avait envoyé une valise remplie de vêtements d'hiver. Malgré la veste en peau retournée, le gros pull, l'écharpe, les gants de ski et le bonnet, les trois heures de route étaient un calvaire. Meaux, Châlons-sur-Marne, Verdun et Étain avec la pluie en plein visage. Toutes les heures environ, je devais m'arrêter dans un café et boire un thé allongé d'un double rhum pour me réchauffer les os.

À Étain, j'ai trouvé une chambre au 5 rue du Pont, chez Mme Xardel, une aimable veuve qui avait vu défiler devant sa porte les armées de deux guerres mondiales. Chaque matin, j'enfilais un manteau et une cravate et je me rendais à moto à la caserne Sidi Brahim, transformée en centre de transports et de logistique pour l'armée américaine. Ce professeur qui arrivait à moto était devenu immédiatement une vedette parmi les soldats. J'avais pour mission d'enseigner les bases de la grammaire anglaise à des sergents américains quinquagénaires, majoritairement noirs. Ma salle de classe avait été installée dans le cinéma, mon bureau était situé derrière l'écran.

Ce fut un long hiver, froid et solitaire. Durant mon temps libre, je parcourais les kilomètres de tranchées des champs de bataille déboisés de Verdun, là où la terre avait été tellement labourée par les obus qu'il n'y pousserait plus jamais un seul arbre. J'ai visité les forts de Douaumont et de Hardaumont, détruits par l'artillerie allemande, et « La tranchée des baïonnettes ». Ce sinistre champ de bataille, où ont péri plus d'un demi-million de jeunes hommes, m'a profondément marqué.

Le week-end, généralement, je rentrais à Paris à moto pour rejoindre Joe au Lisbonne. Ou bien, quand il y avait de la neige sur la route, je prenais le train à Verdun, je changeais à Châlons et j'arrivais à la gare de l'Est, d'où des millions de jeunes gens étaient jadis partis pour le front, sans jamais en revenir.

Se trouver à Paris avec Joe était une expérience stimulante. Notre amitié était le roc sur lequel je prenais appui. Le présent étant sombre et l'avenir vide, nous passions des heures dans les bars à évaluer nos options. Nous parlions d'aller au Brésil pour essayer d'y cultiver le café, mais c'était faire machine arrière. Et, bien entendu, nos familles nous pressaient de rentrer en Amérique.

Le chèque de 500 dollars que je touchais à la fin de chaque mois m'aidait à demeurer optimiste. Je n'étais pas habitué à avoir autant d'argent. Et le dollar avait encore de la valeur en France. Quel bonheur d'être solvable. En outre, je jouissais des privilèges de l'économat militaire, et pouvais acheter une bouteille de Jack Daniel's pour 3 dollars.

Mon père est venu me voir. À soixante et un ans, il quittait les États-Unis pour la première fois.

Alors que nous goûtions du Pernod, il dit : « Cette boisson ne marchera jamais. »

Et en voyant une 2 CV : « On dirait une voiture construite par un amateur dans un jardin. »

Il assista à un de mes cours et m'écouta apprendre à lire et à écrire à des sergents noirs :

« Fiston, de tous les gens que je connais, c'est toi qui as le boulot le plus difficile. »

J'ai pris un congé, loué une Coccinelle et nous avons visité les cathédrales de Reims, Chartres et Notre-Dame. Au début, j'avais peur que nous n'ayons pas grand-chose à nous dire, mais peu à peu, je me suis aperçu que nous partagions les mêmes idées sur un tas de choses. Jamais je n'avais ressenti aussi fortement les liens du sang. Mon père était un authentique gentleman du Sud. Il parlait rarement de lui et ne se plaignait jamais. La perte de sa famille le faisait affreusement souffrir, mais il supportait sa douleur avec dignité. Il disait juste : « C'est une vie de solitude. »

Mme Xardel, ma logeuse, avait un faible pour Verlaine. Elle répétait sans cesse :

« Voici des fruits, des fleurs, des feuilles et des branches ;
Et puis, voici mon cœur qui ne bat que pour vous. »

Pendant que je travaillais, mon père et elle sirotaient du thé et bavardaient. Ils avaient à peu près le même âge. Mme Xardel était veuve et mon père divorcé. Ils s'entendaient à merveille, même si aucun ne parlait la langue de l'autre.

J'ai engagé la femme d'un officier, séduisante, intelligente, cultivée (diplômée du Bryn Mawr College) pour enseigner la littérature à une poignée de soldats qui avaient obtenu le brevet de fin d'études (une minorité). Certains G.I. étaient venus me voir pour me faire part de leur désir d'apprendre le français. J'ai engagé Monique, pas pour son cerveau, mais pour ses seins. Elle n'avait pas grand-chose dans le crâne, mais un corps voluptueux. Comme je l'espérais, l'effectif de sa classe a plus que doublé, passant de 6 élèves à 15. Je faisais des progrès avec mes sergents en effectuant des analyses grammaticales au tableau. La syntaxe de notre langue leur paraissait plus claire désormais. Le commandant de la base m'a félicité pour avoir créé « un centre culturel » dans la salle de cinéma.

Monique avait dix-neuf ans, mais elle n'avait jamais passé le permis de conduire. Lors de l'entretien d'embauche, elle m'avait expliqué que sa mère pouvait la déposer à la caserne, mais il fallait la ramener chez elle après les cours. J'avais omis de lui préciser que ce serait à moto.

Nous avons quitté la caserne Sidi Brahim sur le Nil Blanc qui ronronnait entre nos jambes.

Pour séduire une fille sur une moto, il y a quatre étapes :

ÉTAPE 1. Vous vous arrêtez dans le premier bar pour boire quelques bières.

ÉTAPE 2. Vous accélérez à fond dès le premier feu. Et vous foncez. Votre passagère, surprise, hurle et s'accroche à vous désespérément.

ÉTAPE 3. Vous conduisez comme un malade en vous penchant dans les virages pour flanquer la frousse à votre passagère, cramponnée à vous de toutes ses forces maintenant. Vous sentez ses seins s'écraser contre votre dos.

ÉTAPE 4. Vous avez une logeuse aux idées larges qui se moque de savoir qui vous ramenez chez elle, votre père ou votre compagne de moto, car elle se sent seule, aime la compagnie et une touche d'espièglerie.

Mais ce qui m'a aidé à tenir durant ces longs mois d'hiver, ce sont mes carnets. Gide a dit que très peu de ses amis étaient restés fidèles à leur jeunesse. Ils se sont presque tous compromis, ce qu'ils appelaient « apprendre la leçon de la vie ». Son *Journal* m'a encouragé à continuer à noter des petites choses insignifiantes, pendant que je dînais seul généralement, comme je le faisais chaque soir à La Sirène, l'unique restaurant d'Étain. Seulement, ces notes commençaient à s'accumuler. J'ai pris acte de ma détermination à devenir écrivain. Mais pour écrire quoi ? Des essais ? Des romans ? Des nouvelles ? Je n'en avais aucune idée.

Le printemps est enfin arrivé. C'est redevenu un plaisir de conduire la moto. J'ai visité Sedan, Metz, Nancy et exploré la ligne Maginot. Mes sergents ont réussi leurs examens. Nous avons fait la fête dans un bar local. Désormais, ils pouvaient espérer une promotion et une augmentation.

À Paris, Joe était tombé sur Pauline Badham, de Birmingham, dans l'Alabama. Son frère, J.T., avait été le meilleur ami de Joe à Princeton. Pauline avait épousé Joe Pinto, qui avait étudié à la Lawrenceville School et à Yale, mais il venait d'une éminente famille juive marocaine et avait grandi à Tanger et Casablanca, où sa famille dirigeait une grosse entreprise de sucre et de thé.

Presque tous les week-ends nous étions invités dans leur bel appartement du 59 boulevard Lannes. Nous buvions des dry martinis et écoutions Joe Pinto parler du Maroc. Si l'Afrique nous manquait à ce point, nous a-t-il dit, pourquoi n'irions-nous pas à Tanger ?

L'idée était séduisante. Nous avions entendu dire beaucoup de bien du Maroc. Mais que ferions-nous une fois là-bas ? Il se trouve que le père de Joe, Jacques, avait été un des fondateurs de l'American School de Tanger. Nous avons écrit à l'école et rempli les formulaires. Notre expérience d'enseignants en France nous a servi. Les Pinto nous ont recommandés et on nous a proposé des postes au Maroc ! Le 2 juillet 1962, nous avons enfourché le Nil Blanc et, pour la deuxième fois en moins d'un an, nous avons pris la direction de l'Afrique.

Notre but était de passer une année au Maroc. Comme à Lerici, nous ignorions de quoi demain serait fait. Finalement, j'y suis resté dix-sept ans. C'est à Tanger que je suis devenu écrivain, c'est là que j'ai rencontré et épousé Ellen Ann Ragsdale, une globe-trotter de Little Rock, dans l'Arkansas. Joe a été mon témoin. Ellen et moi avons déménagé en Angleterre pour élever notre famille. Joe est devenu proviseur de l'American School de Tanger ; il est resté au Maroc toute sa vie.

FIN

Cet ouvrage a été achevé d'imprimer par Maury,
à Malesherbes, en avril 2021 pour le compte des
Éditions de La Table Ronde.

Dépôt légal : juin 2021.
N° d'édition : 394865
ISBN : 979-10-371-0902-6.
ISSN : 1160-3100.
N° d'impression : 254281

Imprimé en France.